Dominação e Submissão Erótica Vol. 3

Erika Sanders

Dominação e Submissão Erótica Vol. 3

Erika Sanders
Serie
Coleção Dominação Erótica

Imagem da capa: © krivitskiy- Pixabay, 2025

Primeira edição: 2025

Sinopse

Este volume contém três títulos BDSM românticos e eróticos de alto conteúdo.

Namorada dominante:

Após anos de ausência, Andrew se reencontra com sua ex-namorada querendo se reconciliar.

Mas ela não é mais a mesma ... e é rancorosa e magoada com ele.

Andrew aceitará a nova e mais confiante Veronica? O que ela fará para se vingar de sua traição?

Katia:

Katia é uma jovem emigrante do Leste Europeu que trabalha como acompanhante em uma agência de acompanhantes para conseguir documentos de residência.

Um dia, ele recebeu uma oferta muito tentadora, mas que envolveria dor, talvez muita dor.

Ele será capaz de aceitar esta oferta estranha para atingir seus objetivos?

Sexo em transporte público (Interracial):

Na cidade, há um grande aumento de agressões sexuais a meninas em locais públicos, ônibus, metrôs, etc.

Todas essas violações ocorrem no trânsito para o local de trabalho ou estudos.

O que um jovem jornalista mexicano estará disposto a ir para encontrar os culpados de tais eventos.

Namorada dominante, Katia e **Sexo em transporte público (Interracial)** são histórias com forte conteúdo erótico em BDSM e, por sua vez, também pertencentes à coleção Dominação Erótica, uma série de romances com alto conteúdo em BDSM.

(Todos os personagens têm 18 anos ou mais)

Nota do autora:

Erika Sanders é uma escritora internacionalmente conhecida, traduzida em mais de vinte idiomas, que assina seus escritos mais eróticos, longe de sua prosa usual, com seu nome de solteira.

Indice:

DOMINAÇÃO E SUBMISSÃO ERÓTICA VOL. 3

ERIKA SANDERS

NAMORADA DOMINANTE (DOMINAÇÃO ERÓTICA)

CAPÍTULO 1

Ela não podia acreditar que ele tinha entrado em seu bar ...

SEU BAR !!

Cem bares nesta cidade, e ele tinha que ir ao dela.

Idiota!

Sim, ele tinha partido o coração dela ...

Ele a trocou por aquela loira magra e elegante.

Mas ela não estava sentada chorando.

Merda, merda!

Verônica deixou o bar para ficar na frente dele.

Suas mãos se moveram para descansar em seus quadris ...

Ela não era uma garota magra.

Não, ele tinha pernas fortes, quadris e ombros largos.

Seus olhos verdes olharam para ele.

Uma mecha de cabelo ruivo havia caído de seu rabo de cavalo.

Ela balançou o rosto irritada.

Ele manteve a cabeça baixa, os cotovelos apoiados no balcão, enquanto olhava para um copo de refrigerante.

"Andrew!" Ela grunhiu.

Sua cabeça se levantou lentamente.

Uma barba de dois dias cobria seu rosto.

Havia linhas irregulares naquele rosto, que não existiam antes.

O cabelo castanho estava despenteado.

Seus olhos encontraram os dela, então vagaram culpados.

A raiva queimou quente e crua em seu peito.

De repente, sua mão caiu de seu quadril e ela bateu com força na bochecha dele.

Ela bateu nele com tanta força que ele virou a cabeça.

O bar ficou em silêncio enquanto todos se viravam para olhar.

Robert se apressou.

"O que você está fazendo, Verônica?" Ele sibilou, furioso.

Tecnicamente, era o seu bar, ela trabalhava lá.

Mesmo assim, Andrew não tinha o direito de entrar aqui ... não depois do que tinha feito.

Verônica voltou seus olhos ardentes para Robert, pronta para atacá-lo.

"Está tudo bem, Robert." Andrew disse, levantando a mão.

Com a outra, ele esfregou o queixo.

Uma mancha vermelha brilhante apareceu em sua bochecha.

"Ela tem o direito de estar com raiva. Eu fui um idiota."

"Você acredita nisso?!!" Ela bufou. "Por que você está aqui, Andrew?"

"Vim pedir desculpas, Verônica." Ele deu a ela um olhar triste, finalmente encontrando seus olhos. "Eu preciso fazer as pazes."

"Oh, agora você sente ... Agora você sente? !!" Suas narinas dilataram-se e ela cambaleou, pronta para atacar novamente.

"Vá relaxar, Verônica." Robert disse, apontando para o corredor dos fundos. "Talvez você deva ir, Andrew."

Verônica ficou firme, olhando para os dois.

Andrew pegou sua jaqueta de couro no encosto do banco.

"Eu fui estúpida, Verônica, realmente estúpida!" Ele disse, recuando. "Eu preciso falar com você. Estou sóbrio agora."

Ele se virou, indo para a porta, suas botas de montaria batendo no chão.

Vero não relaxou até que ouviu o zumbido do motor de uma motocicleta sendo acionado no estacionamento.

CAPÍTULO 2

O cascalho rangia sob suas botas enquanto Verônica se dirigia para o carro.

Era seu bebê, o velho Chevy 79, prateado e cromado.

O Honda de Robert estava estacionado nas proximidades.

Os dele foram os únicos veículos restantes no estacionamento do bar.

Eu estava exausto depois do trabalho ... e todo aquele drama com Andrew.

Um movimento à esquerda chamou sua atenção.

Uma forma sombria ... fora do anel projetado pela luz do estacionamento.

Ele estava se aproximando dela.

"PARE!" Ela gritou.

A figura continuou a se mover em sua direção ...

Uma forma volumosa, movendo-se com propósito.

Abaixando-se, ele enfiou a mão no porta-luvas do caminhão e puxou a pistola que mantinha escondida ali para esse tipo de situação.

Então, em um segundo, ele tinha seu Smith e Wesson de 9 milímetros e o braço estendido ...

A mão estava apoiada no capô do caminhão.

O som da arma carregando ecoou pelo estacionamento vazio.

"Ah Merda!" Andrew sibilou, meio congelado. "Oh Deus! Não atire em mim, Vero!"

Ao som de sua voz, ela abaixou a arma, a adrenalina correndo em suas veias.

Ela o estudou enquanto esvaziava a bala da câmara.

Não havia sinal de sua motocicleta aqui ... ele devia estar um pouco mais adiante na rua.

Ela enfiou a arma no cós da calça jeans.

Ele não disse outra palavra, até que o salvou.

Ele se moveu em direção a ela, em direção à luz.

"Esta de volta." Foi uma declaração descontente com os lábios firmemente franzidos. "Você não deveria perseguir as pessoas no escuro, Andrew."

"Não me diga!" Ele fez uma careta, olhando para ela com cautela. "Mas Verônica, eu realmente preciso falar com você ..." Ele olhou nervosamente para a porta do bar.

Robert sairia a qualquer minuto.

Andrew sabia que o homem não ficaria muito feliz em vê-lo de volta aqui.

"Eu não tenho nada para falar com você." Ela rosnou "A menos que você queira que eu te bata, de novo."

"Você pode fazer isso se quiser ..." Ele disse tão baixinho que ela mal o ouviu.

"Do que?"

"Eu disse ... Você pode me bater de novo, se quiser também." Um pouco mais alto desta vez.

Vero o encarou por um longo momento, então deu a volta na caminhonete até onde ele estava.

Ela jogou a mão no rosto dele com um ruidoso WHAM!

Ele ficou parado, absorvendo o golpe, os olhos fechados.

De repente, ela levantou a mão sobre sua jaqueta aberta, agarrando seu pescoço cheio de músculos.

Sua mão estava exatamente onde seu pescoço e ombro se encontravam.

"Ajoelhe-se e diga que sente muito." Ela sibilou as palavras.

A mão dela o puxava.

Andrew hesitou por uma fração de segundo, então seus joelhos bateram no chão.

O cascalho pressionou o jeans contra sua pele.

Ele olhou para ela na luz.

"É isso que você quer? Eu de joelhos?" Eu pergunto.

Ela assentiu em silêncio, a fúria escurecendo seus olhos.

Dando um passo à frente, ela chutou os joelhos dele com a ponta da bota para afastá-los ainda mais.

Ele se abaixou para passar uma mão pelo cabelo dela, então ela agarrou um punhado e puxou a cabeça para trás.

"Diga então ... Diga que você está arrependido agora." Ela falou em um tom baixo e rouco.

"Sinto muito, Verônica" Veio sua resposta murmurada, enquanto segurava um soluço sem fôlego.

Por um segundo, parecia que ela poderia beijá-lo.

Mas ela pensou melhor e se afastou, soltando-o.

Ele gemeu com a ausência dela, sentindo falta daquele beijo.

Mas ele também ficou quase surpreso com as palavras jogadas por cima do ombro

"Siga-me para casa."

CAPÍTULO 3

Sua casa ainda era o trailer, estacionado na beira do deserto em um terreno de cinco acres.

O luar era tão forte que lançava sombras na paisagem.

Ela estacionou a caminhonete e observou a Harley dele dirigir até o estacionamento.

Um toldo estendia-se na frente do velho motorhome renovado, lançando uma sombra escura.

Movendo-se em direção à porta, ela o deixou para segui-lo em seu caminho.

Andrew parou para olhar ao redor.

Essa costumava ser sua casa.

Ela o manteve bem.

Há três anos ...

As memórias o atingiram como um soco.

Ele quase caiu de joelhos ...

Tudo o que ele parecia saber fazer era lutar, algum tipo de luta pelo poder, constantemente.

Ele costumava festejar muito com o pessoal do motoclube.

Ela estava trabalhando no bar.

Havia uma loira boba atrás dele sempre que podia.

Verônica estava com raiva.

Ele estava dizendo a ela para relaxar, para confiar nele.

Ela queria que eu dissesse à menina para se perder ...

Disse que era seu dever fazer isso ... para que a cadela soubesse que ele não estava disponível no mercado.

Ele nunca disse a ela que nada estava acontecendo com aquela garota.

Ele apenas insistiu que ela confiasse nele, disse-lhe para não se preocupar.

Mas uma noite, as coisas pioraram.

Outra grande briga, Verônica chorando na pequena cozinha.

Ele estava bêbado novamente.

Ela puxou os papéis do trailer de uma pasta e ele os entregou a ela ... jogou-os sobre a mesa.

Então ele arrumou suas mochilas e saiu para a noite.

Estúpido!

Ele a deixou aqui, sozinha ...

Tão longe de seus amigos e familiares.

Pegando as estradas secundárias, levou duas semanas para chegar ao estado de Washington.

Então, ele ainda estava bravo com ela.

Ele conseguiu um emprego como lenhador.

Demorou cerca de três meses para perceber o erro que cometeu ...

Sim, ele era muito burro.

Assim que percebeu ... o que realmente tinha feito, ficou com vergonha de ir para casa, ou mesmo ligar.

Levou três anos para decidir pelo menos tentar voltar para casa.

'Não estou fazendo nada aqui' pensou, vendo as luzes se acenderem no trailer ...

Mas havia algo lá, quando ele se ajoelhou para ela esta noite ... certo?

Ele tinha entendido mal aquele olhar de desejo em seus olhos?

Ele foi até a porta e bateu.

CAPÍTULO 4

Um abafado "Entre" soou de dentro.

Com o coração na garganta, Andrew abriu a porta de metal e subiu as escadas.

Vero estava sentado quase no mesmo lugar onde ela estava na noite em que ele foi embora ...

Só que agora ela não estava chorando.

Agora, ela estava com os braços cruzados, olhando para ele com um olhar de pedra.

Sim, tinha ficado mais difícil nos últimos anos ... Não havia dúvida disso!

Um par de algemas foi colocado sobre a mesa.

Ele olhou para eles com curiosidade.

Ela sempre foi dominante ... agressiva até, mas nunca perversa.

Seu pênis começou a latejar forte em seu jeans desbotado.

Eles eram muito apertados para esconder qualquer coisa.

Ela olhou para sua virilha com uma sobrancelha levantada.

"Você foi embora há muito tempo, Andrew."

Não havia nenhum traço do sorriso doce que costumava iluminar aquele rosto sardento e beijado pelo sol.

"Ele era um idiota", disse ela, imaginando quantas vezes mais ela teria que dizer isso.

"Foi? Algo mudou?" Um olhar muito duro.

"Sim ... eu cresci. Eu percebi o quanto eu te amo, o quanto eu preciso de você."

Talvez tenha sido uma má ideia voltar.

Talvez ela nunca o aceitasse novamente ...

Eu nunca o perdoaria.

"A prostituta loira deixou você? É por isso que você está rastejando para mim?"

"Eu nunca estive com aquela garota, Verônica. Ela desligou na minha cara. Eu ... eu deveria ter te contado. Eu deveria ter falado para ela sumir ..." Ele se sentia exausto e triste.

"Do que?" Ela franziu o cenho. - Que diabos, Andrew ... Todas aquelas brigas que travamos, você nem estava com ela? Por quê?

"Eu queria estar com você ..." Ele baixou o olhar e colocou-o em sua bota no chão.

"NÃO!!" Ela rugiu. "Quero dizer ... por que você não me disse que não estava com ela? !!"

Ela se levantou do banco e colocou o punho na frente da camisa dele.

Ele não teve que olhar muito longe para fazer contato visual.

Ele era apenas alguns centímetros mais alto que ela.

Ela o empurrou para trás, e ele perdeu o equilíbrio, agarrando-se ao balcão.

Ofegante, ele recuperou o equilíbrio, mas estava aberto para o que ela quisesse, sem fazer um único movimento para escapar de seu alcance.

Três anos atrás, ele se afastou dela e foi embora.

Mas ela o estava tocando agora ... isso era o suficiente para ele.

Sua respiração engatou quando ele olhou para baixo.

Ela estava lá novamente, com aquela luxúria em seus olhos.

Seu peito subia e descia rapidamente.

Ela olhou para ele ...

Um visual desafiador.

Ele sustentou o olhar dela por alguns segundos, então desviou o olhar ... cedendo.

Eu nunca fiz isso.

Uma sensação de zumbido o encheu e ele se sentiu tonto.

Olhando para trás com os punhos na mesa, ele estremeceu.

"Foi estúpido ... pura estupidez ..." ele disse, voltando os olhos para os dela ... tentando deixá-la ver seu coração.

O rosto dela suavizou um pouco e ela largou a camisa dele ... voltou para a mesa e se sentou com um suspiro.

"Onde estava esse tempo todo?" Ela não estava olhando para ele ... ela estava olhando pelas janelas escuras do trailer.

"Washington ... Lenhador." Ele sabia o quão louco isso devia soar para ela.

"Por quê?" Ela franziu a testa novamente, parecendo mais confusa do que com raiva.

"Porque eu estava pasmo ..."

"Eu sei ... eu ouvi você nas primeiras seis vezes! Você foi estúpido e um idiota ... eu entendi!" Ela estava com raiva novamente. Seus olhos verdes piscando ... "Mas por três anos, Andrew?"

"Eu não sabia como dizer que sentia muito, até agora." Ele murmurou, espalhando as mãos.

Ela teve que se inclinar para frente para ouvi-lo, então se recostou no assento e assentiu distraidamente.

Dois minutos inteiros de silêncio se passaram.

Andrew ficou muito quieto, esperando que ela terminasse de pensar.

De repente, sua voz quebrou o silêncio.

"Você poderia se ajoelhar para mim novamente, Andrew?" Ela se virou para ele, o desejo escuro novamente em seus olhos.

Engolindo em seco, ele se ajoelhou novamente, mantendo os olhos baixos.

A dureza de sua ereção era dolorosa e ele estava quente de vergonha.

Ele a ouviu se levantar e viu suas botas entrarem em sua linha de visão.

Mais uma vez, ela chutou seus joelhos e ele ouviu um gemido.

Demorou um segundo para perceber que o som vinha de sua própria garganta.

"Tire sua camisa." Ela disse que as palavras secas eram como facas abaixadas.

Desabotoando rapidamente botões suficientes para a camisa deslizar sobre sua cabeça, Andrew primeiro puxou-a do cós da calça com cinto.

E então ela o puxou, bagunçando ainda mais o cabelo.

Antes que ele pudesse descobrir o que fazer com a camisa, ela a pegou de suas mãos e a jogou em um dos assentos do trailer.

Ela caminhou ao redor dele, passando a mão sobre seus ombros rígidos e costas.

"Droga, Andrew ... você realmente ficou muito forte ..."

Ele tinha músculos muito fortes, obtidos em árduo trabalho manual como lenhador.

Ela voltou na frente dele e passou a mão pelos cabelos cacheados castanhos claros em seu peito.

Em seguida, sua mão circulou um de seus mamilos pequenos, e então ele apertou com força entre as pontas dos dedos.

Ele grunhiu, fazendo uma careta, desacostumado à dor aguda e penetrante.

Ela nunca tinha sido assim antes ...

Eles sempre tinham fodido como pessoas normais, e tinha sido bom.

Eles também fizeram oral, fizeram os dois se sentirem bem ...

Mas isso ... isso deixou seu coração disparado e seu cérebro fora de controle.

Ela beliscou o outro mamilo e ele fez aquele gemido novamente.

Ele bateu a cabeça em algum lugar?

Isso foi um sonho?

A dor que estourou, quando ela empurrou ambos os mamilos, e o trouxe de volta à realidade.

Soltando um grito rouco, ele sugou o ar para o peito e começou a alcançar o balcão ... para se levantar.

O que ela estava fazendo?

Uma mão pressionou seu ombro e ela agarrou um punhado de cabelo, puxando a cabeça para trás novamente.

"Se você se levantar, sem a minha ordem, você estará caminhando em direção àquela porta ... Você entendeu?"

Ela falou devagar enquanto se inclinava em direção ao ouvido dele.

Ele acenou com a cabeça e caiu de joelhos novamente.

Puta merda, o que estava acontecendo?

Abruptamente, ela se afastou dele, de volta à mesa.

Ummm, que bunda linda ...

Mas ela foi distraída por um tilintar de metal, enquanto pegava as algemas da mesa.

Ah Merda!

Seu pau latejava loucamente e, por um segundo, ele pensou que poderia hiperventilar.

"Levante-se e vire-se." Ela disse.

Havia uma espécie de confiança silenciosa em sua voz agora.

Isso foi algo novo

Ele se levantou e se virou, esperando.

"Coloque as mãos atrás do pescoço, Andrew"

Ele disse isso como se ela tivesse certeza que ele iria ... e ele disse, mesmo entrelaçando os dedos.

Mas, quando o metal fechou em torno de seu pulso esquerdo, ele ficou um pouco assustado.

CAPÍTULO 5

"Você tem as chaves para isso, Verônica?"

Ele tentou olhar para ela por cima do ombro.

Ela o ignorou, enquanto segurava a outra algema em seu pulso direito.

Então, de pé na frente dele novamente, ela puxou um colar que pendia de seu pescoço.

Eu não tinha percebido isso antes.

A corrente estava pendurada dentro do decote de sua camiseta "Robert's Bar".

Ele o tirou e mostrou algumas pequenas chaves para as algemas que estavam penduradas no final da corrente.

Ele acenou com a cabeça, suspirando de alívio e ficou surpreso com o sorriso que apareceu em seus lábios.

"Quantos meninos você prendeu assim, Vero?" Ele perguntou, engolindo.

"Você é o meu primeiro", disse ela pensativamente.

"Então por que você estava carregando as chaves?" Ele se sentiu desconfortável fazendo essas perguntas, enquanto estava algemado,

"Eu estive esperando o cara certo aparecer." As palavras soaram mais como um pensamento do que uma resposta ...

Deus, tudo isso era tão confuso ... mas tão emocionante!

Ele tinha vindo aqui para se desculpar com ela ... mas quem era essa mulher agora?

O formigamento quente em suas bolas disse a ele que quem quer que ela fosse tinha sua atenção total.

"Vamos para o quarto." Ela afirmou, enquanto sua mão deslizava sob o cinto na parte de trás de sua calça jeans, para guiá-lo.

Ela o empurrou pelo corredor estreito.

Para passar pelo espaço apertado, ele teve que dobrar os cotovelos em torno da cabeça.

Ele foi empurrado pela porta do quarto.

A cama estava cuidadosamente feita, o quarto arrumado, exceto por dois objetos que chamaram sua atenção.

Na colcha havia uma revista e um vibrador rosa.

A revista o fez parar abruptamente, e ela quase tropeçou em suas costas.

Na capa estava um homem de joelhos, uma mordaça redonda preta amarrada à boca.

Uma corda cruzou o corpo do homem, prendendo seus braços firmemente contra seu torso.

Algum tipo de metal estava segurando cada mamilo.

"Escravo para seu prazer" apareceu no topo da página.

Ele congelou, até que ela o contornou, varrendo a revista e o vibrador da cama.

"Oh, pelo amor de Deus ... É só pornografia!"

Ela parecia irritada, enquanto eu jogava na gaveta do criado mudo.

Sua garganta estava trabalhando para encontrar as palavras certas, mas ele estava muito atordoado ...

Espantado que sua doce Verônica pudesse ter algo assim.

O calor a encheu, e a imagem do homem amarrado foi gravada em seu cérebro.

Um puxão forte contra seu braço o trouxe de volta à realidade.

"Fique na frente da cama, Andrew."

Assim que ele estava de costas para a cama e as algemas estavam quase tocando a estrutura, Verônica começou a trabalhar em seu cinto.

Quando ela o desabotoou, os nós dos dedos roçaram a pele quente de sua barriga.

Uma linha de cachos suaves e escuros traçou o centro de seu abdômen, deslizando para dentro de sua calça jeans.

Ela observou com satisfação, enquanto os músculos se contraíam quando tocados e sua respiração parava.

Lentamente, ele desabotoou a calça dela e a baixou.

O contorno de seu pênis grosso estava do lado de sua braguilha, em uma cueca de algodão preta que a segurava confortavelmente.

Havia uma área úmida na ponta dessa protuberância.

Ela sentiu uma onda de calor percorrê-la quando o viu.

Isso seria muito melhor do que olhar revistas e sites!

Rapidamente, ela puxou as calças até os tornozelos.

Então ele começou a puxar a calcinha de seus quadris ...

Com cuidado para evitar tocar o pau que se projetava do confinamento de sua roupa, ela empurrou a calcinha para baixo para ficar com seu jeans.

Levantando-se, ela levantou os braços algemados sobre sua cabeça, trazendo-os para descansar na frente de seu corpo.

"Apenas relaxe." Ela ordenou, enquanto o empurrou rudemente de volta na cama.

"Subir."

Braços cruzados, ela o viu se esticar desajeitadamente na cama.

Foi uma tarefa difícil com as mãos e os pés prejudicados.

Uma vez que ele estava posicionado de acordo com seu gosto, ela se moveu para o lado dele, colocando a mão na barriga tensa.

"Coloque as mãos na cabeça."

A cama era em uma plataforma feita à mão com uma cabeceira embutida.

A cabeceira da cama continha grades de metal.

Veronica, com seu amigo carpinteiro Cliff, tinha feito isso há um ano.

Ela adorou ... mal podia esperar para finalmente usá-lo como originalmente pretendia.

Quantas noites ele sonhou com isso?

Ele tirou as botas, subiu na cama e montou em seu peito.

Ele puxou a corrente de sua camisa e se inclinou para frente, sobre o rosto dela, abrindo um punho.

Em seguida, a algema passou por um dos trilhos de metal e recolocou-a em seu pulso.

Andrew esfregou o rosto contra seus seios enquanto eles deslizavam sobre ela.

Rosnando, ela se inclinou para trás e bateu com força no rosto dele, pela terceira vez naquela noite.

"Eu disse para você fazer isso?" Ela perguntou, olhando para ele.

Ele balançou a cabeça ligeiramente, mas não parecia lamentar.

Tomando um mamilo, ele torceu com força.

Seu corpo estremeceu sob ela e ele gemeu.

Ela estendeu a mão para o outro, e ele tentou se afastar ...

"Está bem!" Ofegante. "Desculpe ... eu não vou fazer isso de novo."

Ele lambeu um lábio nervosamente, mas quando ela deslizou para trás, seu jeans roçou rudemente contra seu pau duro.

Ela olhou para si mesma e depois para ele.

Seu olhar mudou, como se estivesse envergonhado.

Olhando para baixo, ele se dirigiu para a porta do quarto.

"Vou tomar um banho. Estou com o cheiro do mesmo bar."

Ela se virou para olhar para ele novamente ... algemado à cama, nu exceto pelas roupas emaranhadas em seus tornozelos e suas botas de motoqueiro.

Seu pênis estava ereto e latejante, gotejando com pré-goma.

Um arrepio percorreu seu corpo, e desta vez seu grunhido foi de luxúria primitiva.

"Não vá a lugar nenhum".

E ele saiu com um sussurro rouco.

"Você não vai me deixar assim, não é, Verônica?" Ele perguntou com os olhos implorando.

Ela deu a ele um sorriso sádico e saiu da sala.

CAPÍTULO 6

Parecia uma eternidade, esperando ali, algemado à cama.

Andrew ouviu o som dela no chuveiro.

Por um momento, ele se perguntou se poderia sair das algemas, se quisesse.

Não, não foi possível.

Isso lhe deu alguns momentos de pânico, mas então ele se forçou a se acalmar ... e admitir que realmente não queria sair.

Ele pensou um pouco sobre isso e seu pênis flácido ganhou vida.

Ele gemeu e desejou que ela se apressasse ... sabendo que ela estava curtindo seu doce momento.

Finalmente, ela terminou de tomar banho e entrou no quarto em um manto branco macio.

Ele foi até uma gaveta e procurou.

Seu cabelo ruivo estava penteado e úmido caindo sobre os ombros.

Tirando algumas coisas da gaveta, ela saiu da sala novamente, nem mesmo olhando para ele.

A melodia que ela cantarolava chamou a atenção de seu ouvido.

Andrew a seguiu com o olhar.

Depois de se vestir, ele voltou para o quarto.

Ela usava uma camiseta branca justa e decotada que revelava seus seios fartos e cintura fina.

Com um par de shorts xadrez preto e branco, revelando uma barriga lisa e quadris cheios.

Ela mudou-se para o lado dele.

Com os nós dos dedos de uma das mãos, ele traçou a linha de sua mandíbula eriçada.

Ela ainda amava como com aqueles olhos vulneráveis.

Knuckles subiu para traçar seus lábios, e ela inseriu um dedo em sua boca.

"Chupe-os." Ela disse, levando um segundo dedo à boca.

Engolindo, ele chupou suavemente, envolvendo sua língua ao redor deles.

"Você precisa de uma palavra." Ela disse, bombeando os dedos para dentro e para fora da boca. "Uma palavra para me dizer se o que estou fazendo é demais ... se você realmente precisa que eu pare."

Ela arrancou os dedos de sua boca e ele lambeu os lábios.

"Você não fez nada que eu não possa suportar." Ele murmurou baixinho.

"Oh, nós realmente não começamos ainda, Andrew!" Ela disse com uma risada curta. "Diga-me uma palavra".

"Suavizando", disse ele, após um momento de hesitação.

Foi uma das poucas coisas que me ocorreram na época.

"'Suavizar' é, então ... Lembre-se disso, ok?"

Ela esperou até que ele assentisse, então se levantou e foi para uma mesa próxima.

A luz aumentou enquanto ele acendia algumas velas.

Pegando um frasco de óleo de bebê, ela estendeu a mão e derramou generosamente em seu peito e barriga.

Mais derramado em seu pênis e bolas.

Ele prendeu a respiração quando ela começou a espalhar o óleo sobre ele com mãos firmes.

Ela espalhou nos cabelos do peito.

Então, olhando em seus olhos, ela acariciou o óleo sobre seu pênis e bolas, circulando-o em seu ninho de cabelo.

"Tenho certeza que não preciso de uma palavra para parar com isso!" Ele disse com uma pequena risada.

Levantando uma sobrancelha, ela secou as mãos na toalha que carregava e se levantou.

Ela pegou uma vela branca que estava acesa sobre a mesa.

Tinha cerca de cinco centímetros de espessura.

Colocando-a no chão alguns metros acima de sua barriga, ela olhou para ele.

Ele engoliu em seco e estremeceu.

A vela inclinou-se lentamente sobre sua mão, e a cera quente derramou em seu abdômen.

"Ahhhh ..." ele gemeu, esticando o abdômen.

Ele engasgou por um minuto.

Ela observou, esperando até que ele chamasse sua atenção novamente.

Agora a vela estava em seu mamilo esquerdo.

Sua respiração veio em pequenas rajadas, seus olhos fixos na vela.

Um gemido, quando a cera respingou em seu mamilo e escorregou para o lado.

Olhando para baixo, Verônica ficou surpresa ao ver o quão duro seu pênis permaneceu.

Lentamente, ele abaixou a vela para pairar sobre aquele músculo latejante.

Mais uma vez, seus olhos o seguiram e se arregalaram.

"Nããão ... Nããão ... Não, Verônica, por favor !!" Ele ficou tenso contra os punhos, balançando a cabeça.

"Você tem uma palavra, lembra?" Ela perguntou, seu rosto duro. "Você vai usar isso?"

Ele ficou parado por um momento, olhando para ela.

Ele teria que dizer essa palavra, se quisesse que isso acabasse.

Balançando a cabeça, ele caiu de volta contra a cama.

Seus olhos se fecharam, seu rosto ficou vermelho.

Veronica ficou sentada segurando a vela, deixando mais cera crescer ... Esperando que ele olhasse para ela novamente.

Depois de um segundo, ele abriu os olhos.

"Pronto?"

A pergunta veio quando ela viu seu olhar fixo nela.

Na verdade, foi mais uma afirmação do que uma pergunta.

Empurrando as mãos para cima, ele agarrou os trilhos da plataforma mais próximos, segurando com força.

Então, ele acenou com a cabeça.

Segurando-o um pouco mais alto desta vez, ele inclinou a vela.

Lentamente, ele deixou escorrer para espirrar em seu pênis, escorrendo por suas bolas também.

Gota após gota caiu.

Gemendo e tremendo, sua cabeça caiu para trás quando as fortes sensações o atingiram.

Ela continuou pingando mais cera.

Agora em seus mamilos e abaixo em seu peito ... e em sua barriga novamente.

Seu torso estava coberto de cera branca ...

Quando seus olhos encontraram os dela, ele parecia atordoado e bêbado.

Sua expressão era suave agora.

Ele recolocou a vela no castiçal e se inclinou alguns centímetros acima do rosto dela.

Com a mão segurando um punhado de seu cabelo, ela finalmente deu aquele beijo na boca.

Abrindo os lábios para recebê-la, ele gemeu, permitindo que sua língua o invadisse.

O beijo foi invasivo e exigente.

Ofegante, ele a deixou levá-lo para onde quisesse.

Esse era um lado dele que ele nunca pensou que existisse.

Ele fez algo com ela, perfurando-a com fome crua.

Ele agarrou as chaves das algemas e se moveu rapidamente para destrancá-las.

Ele parecia confuso.

Ela o beijou novamente.

"Tire as botas e as calças", ela insistiu com a voz rouca.

Ele obedeceu rapidamente, enquanto ela se dirigia ao banheiro.

CAPÍTULO 7

Quando ela saiu da sala, ele rapidamente trabalhou para desembaraçar a bagunça de botas, jeans e boxers.

Ele ouviu a água correndo no banheiro.

"Limpe a cera de seu pau e bolas." Ela ordenou, voltando com um pano quente e uma toalha.

Ele ficou surpreso com a facilidade com que a cera saiu, com o óleo por baixo.

Ele olhou para ela com as pálpebras abaixadas, sua respiração suave, rapidamente seguindo seu comando.

Ele se sentiu tonto.

Ela foi até o armário enquanto ele se limpava.

Havia uma caixa de papelão empoleirada em uma das prateleiras, ela a ergueu, colocando-a em uma cadeira próxima.

Ele podia ver uma variedade de coisas estranhas lá dentro ... e algumas coisas ainda estavam nas embalagens.

A caixa o intrigou ...

Ele estava comprando essas coisas? Artigos de couro?

"Ajoelhe-se na cama." Ela ordenou, puxando algo da caixa.

Sua respiração se acelerou quando ele subiu na cama e se ajoelhou.

"Mãos ao lado do corpo."

Ele baixou as mãos, tremendo um pouco.

Isso foi tão louco ...

Ele tinha acabado de dizer que sentia muito pelo que havia acontecido.

Mas não havia como ele sair agora, de jeito nenhum!

E ela o beijou ...

Isso foi o suficiente para ele ficar.

Ele olhou para o que ela estava segurando ... era um colar de couro preto com cerca de cinco centímetros de largura, com um anel de metal na frente.

Ah Merda!

"Você vai colocar isso em mim?" Ele perguntou nervosamente, engolindo em seco.

Seu pênis latejava.

Um aceno solene foi sua resposta.

Com dois dedos, ele ergueu o queixo dela, e então ela prendeu o colar em seu pescoço.

Ele teve uma sensação de queimação que desceu para sua virilha.

Por que isso o estava excitando?

Recuando, ela o admirou com aqueles olhos cheios de luxúria verde.

O couro parecia opressor contra sua garganta.

Ele tentou olhar nos olhos dela, mas teve que fechá-los.

Ele baixou a cabeça, enrubescido de vergonha.

"Você é meu agora, certo Andrew?"

Ele podia sentir o corpo dela tão perto, enquanto ela sussurrava as palavras em seu ouvido.

Ele acenou com a cabeça, não confiando em sua voz.

Ela estendeu a mão para escovar a cera de seus mamilos, escovando as pontas com os dedos.

Arrepios se formaram em sua pele quando ele estremeceu sob seu toque.

De repente, ele se virou e voltou para a caixa.

Ela voltou com algum tipo de pulseira de couro.

Andrew engoliu em seco, mas ficou quieto, envolvendo grossas faixas de couro em volta das coxas.

Ela o fez se ajoelhar novamente, centrado na cama.

Em seguida, ela amarrou faixas em torno de seus pulsos e amarrou-os do lado de fora das faixas da coxa.

Ocasionalmente, ela parava em seu trabalho para olhar para ele com avidez.

Então ela se moveu atrás dele, ajustando as faixas ao redor de seus tornozelos.

Persuadindo-o a uma posição ajoelhada mais ampla, ela prendeu algumas correntes curtas de metal dos tornozelos às coxas em ambos os lados.

Agora, ele estava imobilizado.

Pulsos e tornozelos presos às coxas.

Mantido musculosamente apertado.

Ele lutou contra o pânico.

"Eu ainda tenho essa palavra, se precisar?" Ele perguntou com os dentes cerrados, a cabeça jogada para trás.

"Sim", disse Verônica, examinando a caixa novamente.

Ela ficou na frente dele novamente, os objetos em suas mãos.

"Quer usar sua palavra agora?"

"Uh, uh" ele disse, balançando a cabeça "não", movendo o colar contra seu pescoço. "Eu só preciso saber que essa possibilidade ainda existe."

Seu peito subia e descia com o esforço de controlar a respiração.

Mas por alguma razão estranha, seu pau estava duro como uma rocha, pingando líquido em sua cama.

Ela pegou o óleo de bebê novamente e esfregou um pouco em seu pênis inchado.

Ele se sentiu celestial e empurrou seus quadris para frente tanto quanto as restrições permitiram.

Rapidamente, ela o atingiu com a palma da mão aberta.

Ele gemeu e empurrou para frente novamente, incapaz de se conter.

"Está quieto." Ela ordenou, um pequeno rosnado em sua voz.

Ele assentiu, engolindo em seco contra seu pescoço.

Lentamente, ela colocou um anel de borracha preta em seu pau latejante.

Ele observou com espanto enquanto seu pênis crescia ainda mais, as veias projetando-se ao longo de seu membro.

Brilhava com o óleo.

"Puta merda!" Ele gemeu, desejando poder suportar.

Mas ele foi distraído desse pensamento, quando ela voltou para a caixa ... abrindo um pacote.

Agora que?

Parado na frente dele, ele segurava um objeto de borracha preta em forma de cone em sua mão.

Isso é algum plug anal?

Eu os tinha visto em lojas pornôs antes ...

Um estremecimento o percorreu.

Não ... oh inferno, não!

Ele começou a balançar a cabeça.

"Qual é Verônica ... De jeito nenhum ... não é o que eu acho que é ... é?"

Ele não conseguia tirar os olhos disso.

"É, Andrew ... É o que você pensa que é ... mas não o melhor que eu tenho. Você pode lidar com isso. Você ainda é virgem aí?"

Ela olhou para ele.

Ele acenou com a cabeça para a pergunta dela e então se sacudiu.

"Claro que estou! Você não pode colocar isso na minha bunda ... Vamos, baby, você não está falando sério! Está?"

Ele puxou as restrições.

Ela ficou quieta na frente dele, suas pernas cruzadas sexy, seu cu coberto em uma mão e o lubrificante na outra.

"Eu acho que você pode lidar com isso ... por mim." Ela disse calmamente.

Ele balançou a cabeça novamente, mas havia parado de lutar contra suas amarras.

"Para mim." Ela disse novamente, em um tom rouco.

Lentamente, seus olhos encontraram os dela.

"Você vai me beijar de novo?" Ele perguntou, sua voz trêmula.

Ele não conseguia acreditar que concordava com isso.

Foi tudo tão louco.

Ela assentiu, mantendo contato visual.

"Sim, com certeza vou beijar você de novo, se você fizer isso por mim."

"Tudo bem ... mas você vai parar se doer demais?" Ele se sentia desesperado e com medo.

Jogando o falo e o lubrificante na cama, ela subiu ao lado dele.

Inclinando-se, ela roçou os lábios em seu pescoço.

"Eu tenho você, baby." Ela sussurrou.

Ele acenou com a cabeça, tremendo, mas se acalmando.

Ele costumava dizer essas mesmas palavras para ela, muitos anos atrás, quando ela estava aprendendo a andar na garupa de sua bicicleta.

OK, ela se lembrava também, lembrava-se de quando as coisas iam bem.

Ele acenou com a cabeça novamente.

Verônica, ajoelhada na cama atrás de suas costas musculosas e bunda, admirou a vista.

Ela amava a aparência dele, amarrado nesta posição ...

Ele amava como ela se submetia aos seus desejos mais sombrios ...

Deixe-o usar seu colar!

Um arrepio percorreu seu corpo e ela acariciou sua bunda.

Ele ficou tenso, esperando.

"Relaxe ..." Ela murmurou, esfregando o ânus.

Uma vez feito isso, ela esfregou um dedo em seu buraco apertado.

Um forte tremor percorreu seu corpo enquanto ele gemia.

Retirando a mão, ela agarrou o lubrificante, espalhando-o em um dedo.

Ela distribuiu uma quantidade de lubrificante pelo lado de fora de seu buraco.

Um suspiro e ele jogou a cabeça para trás, apoiando o corpo contra as panturrilhas dela.

O espaço era apertado, mas ela ainda podia passar a mão por baixo dele, lentamente um dedo em sua bunda apertada.

"Ohhhh ..." Ele exalou em um gemido baixo.

Não era exatamente o som de desconforto.

Um sorriso se espalhou pelo rosto de Verônica enquanto ela passava um segundo dedo para dentro.

Outro gemido recompensou seus esforços.

Usando um pouco os dedos, ela trabalhou para relaxá-lo.

Ele se encolheu e se levantou.

Ela sentiu a entrada apertada ceder um pouco.

Esticando os dedos, ela agarrou o plugue em forma de falo, lubrificando generosamente seu comprimento.

Não era enorme, mas ela sabia que ele sentiria dessa forma naquela bunda virgem.

"Sente-se um pouco mais." Ela disse a ele, a mão na nádega de sua bunda para guiá-lo.

Ele silenciosamente seguiu suas instruções, seu peito arfando.

Agora com espaço para trabalhar, ela colocou a extremidade estreita em forma de cone contra o buraco.

Um pequeno rosnado quando sentiu a ponta úmida pressionando contra ele.

Ele apertou.

"Relaxe", disse ele de novo, "E sente-se bem".

Respirando fundo, ela tentou.

Rapidamente, o plug deslizou pela metade e com um empurrão rápido e forte, ele o empurrou para além dos anéis internos.

A base redonda e plana se acomodava confortavelmente entre suas nádegas.

"Oh, meu Deus!!" Ele gemeu ... "Merda! Então, tudo dentro!" Ele estava ofegante, tentando resolver o problema.

Batendo a bunda levemente, ela saiu da cama e foi até a mesa.

Ele pegou um par de prendedores de roupa e ela colocou um em cada mamilo.

Ele gemeu e tremeu.

De volta à cama na frente dele, Verônica passou as mãos pelos ombros e pelos braços musculosos.

Esfregar a barriga com os dedos sobre as gotas de cera.

Ele assistia, enquanto ela o admirava, amarrado assim.

Com a mão atrás da cabeça dele, puxando-o para mais perto dela, ela lhe deu o beijo prometido.

O beijo que ele ganhou.

Ajoelhando-se entre seus joelhos estendidos, ela deixou seu corpo pressionar contra o dele.

A língua dele explorou sua boca com um desejo tão apaixonado que ela pensou que ele poderia gozar ali mesmo.

O anel ao redor de seu pênis fornecia pressão apenas o suficiente para detê-lo.

Deus, ela tinha um gosto tão bom!

Uma corrente passou por todo o seu corpo enquanto ele sentia tudo tão agudamente ...

Sua língua encheu sua boca, sua bunda encheu com o plug, seu pênis inchado contra o anel, seus mamilos queimando e seu corpo amarrado.

Ele era completamente um escravo para seu prazer!

Engolindo ar, ele sentiu que poderia engasgar com todas as sensações.

Sua ereção latejante pressionada contra seu corpo.

"Por favor, Verônica" Ele implorou ... não tinha certeza do que estava implorando. "Por favor!"

Ela assentiu, beijando-o com força por mais um momento.

Então ela se moveu para o lado e lentamente começou a sacudir seu pênis lubrificado.

Varreduras completas da base à cabeça.

Sacudindo o corpo sob a mão, ele grunhiu e gemeu.

No começo foi incrível, e ela jogou a cabeça para trás.

Mas à medida que seu ritmo aumentava, ele se tornava opressor.

"Devagar por favor!" Ele implorou ... era demais de uma vez.

Ele tentou levantar a mão para impedi-la, mas a pulseira o impediu.

Ela continuou aumentando o ritmo, um sorriso malicioso nos lábios.

Sua mão deslizou ao longo de todo o comprimento de seu pênis, golpeando contra sua cabeça de cogumelo.

Era quase doloroso, seu pênis tão inchado por causa do anel.

Ele grunhiu.

Sua outra mão estendeu-se para pressioná-la contra um mamilo vestido e ele gritou.

"Hmm, tudo bem, sinta!" Ela sussurrou em seu ouvido.

Pressionando seu corpo contra seu quadril, ela o golpeava constantemente.

Apesar da falta de jeito em seu ritmo, ele sentiu a pressão crescer em suas bolas.

"Eu vou ... vou ..."

Seu corpo se arqueou enquanto ela tentava encontrar a liberação contra o anel.

"Você vai gozar agora!" Ela rosnou em seu ouvido.

Cabeça jogada para trás, quadris movendo-se dentro dos limites de sua escravidão, o orgasmo o atingiu.

Luzes brilhantes pulsaram diante de seus olhos.

Músculos cerrados com força e esperma quente pulsou em um arco.

Seu corpo se convulsionou e onda após onda de espesso esperma branco foi expelido dele.

Ela continuou a sacudir seu pênis até que a última gota foi expulsa de seu pênis fatigado.

Seu corpo parecia tão drenado quanto seu pênis.

A euforia tomou conta dele e ele se sentiu como se estivesse flutuando.

Com os dedos em seu queixo, ela ergueu sua cabeça e deu-lhe outro beijo na boca.

Então ela começou a desamarrá-lo lentamente, removendo os prendedores de roupa primeiro.

Esticando os membros, Andrew finalmente saiu da cama, as pernas ligeiramente instáveis.

Ele observou em silêncio, enquanto ela removia a roupa de cama e a jogava no canto.

Seu pênis, sem o anel, pendia mole.

Ele pensou que poderia dormir por dias ...

Mas ela estava tirando a roupa agora, suas curvas brancas nuas suaves à luz das velas.

Oh Deus ... fazia tanto tempo! E ela era tão linda!

O cabelo ruivo que caia sobre os ombros ...

Cachos vermelhos empoeirados cobrindo seu monte.

Sua boca encheu de água quando seu pênis ganhou vida.

Ela puxou o cobertor e os lençóis, deitando-se na cama.

Abrindo as pernas, ela correu uma mão sobre sua boceta molhada ... então a chamou com a outra mão.

Ele subiu na cama, seu rosto enterrado em sua boceta molhada.

Lembrando-se da flacidez em seu rosto, ele usou sua língua para cobrir seus doces sucos.

Céus !! Este era o lugar onde deveria estar!

Toda hesitação se foi.

Isso era algo que ele conhecia quase como um hábito ...

Como fazer seu corpo zumbir, como ele gostava de fazer.

Ele lambeu seu clitóris e chupou seus lábios.

Ela gemeu em resposta.

Três anos não poderiam apagar esse conhecimento.

Ele ergueu as mãos para esfregar seus seios e mamilos.

Desta vez, porém, ela já estava na metade do caminho para gozar quando ele começou.

Sua excitação já era profunda, alimentada por seus atos de submissão.

Com a boca aberta, ele pressionou a língua contra ela, surpreso com suas respostas.

Gemidos guturais escaparam dele.

"Droga, você é bom Andrew!" Ela disse, acariciando seus cabelos.

As palavras deram-lhe um choque de prazer e ele lambeu com mais entusiasmo.

Quando suas mãos se abaixaram para agarrar seu cabelo e seu corpo ficou tenso, ele sabia que ela estava chegando perto de chegar.

Ele não parou em seu trabalho, sua língua pressionando contra seu clitóris inchado.

E quando o orgasmo explodiu e ela engasgou, ele estava pronto para a ejaculação que saiu de sua boceta.

Isso nunca tinha acontecido antes!

Ela segurou a cabeça dele contra a dela enquanto ele bebia.

Uau, algo com certeza correu bem com a noite!

Ele olhou para seu corpo agitado com espanto.

"Continue lambendo!" Ela grunhiu e teve outro espasmo quando ele correu para obedecer.

Um terceiro e quarto orgasmo fizeram suas costas tremerem, recompensando seu esforço.

Finalmente, ela caiu para trás contra a cama com um suspiro exausto, puxando-o para se juntar a ela.

Beijando seu rosto molhado, ela pressionou seu rosto contra as mãos.

"Você está de volta para sempre?" Ela perguntou.

"Estou perdoado?" Ele procurou seu rosto.

"Sim, você é ... Mas acredite, você terá que ganhar novamente."

Ele acenou com a cabeça em compreensão solene em suas palavras, um olhar triste em seus olhos.

Mas então ela rolou sobre seu peito, pressionando-o contra a cama com seu corpo.

"Mas há outra coisa, Andrew. Como você pode ver, eu mudei. Tenho necessidades diferentes agora ..."

Ela olhou para ele, um olhar faminto em seus olhos.

"Se eu percebesse!" Ele disse, com uma risadinha, engolindo em seco.

Suas nádegas ficaram rosa, seu pênis empurrou contra sua coxa.

"Então, você vai ficar para coisas assim ... como o que fizemos esta noite?" A pergunta veio com um olhar sério.

Enterrando a cabeça em seu pescoço, ele acenou com a cabeça fervorosamente contra ela, muito envergonhado para encontrar seu olhar.

Seu pênis latejava.

Com um profundo suspiro de alívio, ela o apertou com força contra ela.

A intensidade de seu abraço falou mais do que palavras poderiam dizer.

Com uma crescente sensação de excitação, ele sabia de algo ...

Ele sabia que embora houvesse altos e baixos, seria mais fácil assim.

Muito melhor do que lutar ...

Deixe-o ir e deixe-o ser um escravo para o seu prazer.

FIM

KATIA: UM THRILLER ERÓTICO DE BDSM

CAPÍTULO I

A coxa longa e magnificamente formada de Katia brilhava como ouro líquido do sol quente que entrava pela janela do escritório decorado com bom gosto.

Sua saia cinza curta fazia pouco para esconder suas pernas envoltas em meias firmes de grife.

Até a secretária que observava Katia através do vidro e por trás da segurança de sua mesa de aço sentiu-se obrigada a admirar a perfeição da figura da visitante.

Apesar do fluxo constante de homens e mulheres bem vestidos e atraentes passando pelas portas da 'Agência de Colocação de Executivos do Dream Job', Katia foi claramente excepcional.

Sua beleza excepcional era uma das razões pelas quais ela estava esperando do lado de fora do escritório de Anthony Robson, diretor administrativo e proprietário da agência.

Olhando ao redor do escritório decorado de forma cara, Katia se viu sorrindo.

Ele se perguntou o que os outros inquilinos deste edifício exclusivo teriam dito se percebessem que o verdadeiro negócio de seu vizinho era fornecer prostitutas para os ricos e famosos.

Katia nasceu e foi criada no Leste Europeu em uma boa família.

Ele acabara de se formar em economia quando uma combinação de política volátil e máfia russa arruinou seus pais, que foram encontrados mortos em seu quarto, o resultado aparente de um pacto suicida.

Katia tinha suas dúvidas sobre a verdadeira causa de suas mortes, mas ela foi astuta o suficiente para ficar quieta.

Ao abandonar a faculdade, ele se viu no mercado de trabalho em um país inundado de trabalhadores dispostos e poucos empregos.

Ele logo percebeu que para ter qualquer tipo de futuro, ele teria que seguir seu caminho para o oeste.

Nos meses seguintes, Katia ganhou a vida como modelo para os muitos fotógrafos estrangeiros encontrados em abundância na Europa Oriental e na Rússia.

Apesar das inúmeras ofertas, ele se recusou a estrelar filmes pornográficos ou fotos para qualquer uma das principais revistas e sites.

Em cada sessão de modelo, ela fazia o possível para fazer amigos e aproveitava a oportunidade para fazer perguntas ponderadas e oportunas.

Eventualmente, ele decidiu voltar seus olhos para a Grã-Bretanha e, com a ajuda de um de seus novos amigos, encontrou a "conexão" certa.

Usando uma seleção cuidadosa de fotos coletadas de seu trabalho de modelo, ela elaborou um currículo e o enviou por e-mail para seu novo empregador em potencial.

Uma semana depois, ele recebeu um telefonema de Anthony Robson e um convite para uma entrevista com um de seus "caçadores de talentos".

Eles se encontraram em um restaurante discreto e conversaram por mais de uma hora.

Ele fez perguntas a Katia sobre seu passado, suas ambições e assuntos em geral.

Ele também perguntou a ela sobre seus hábitos e gostos sexuais, alguns deles beirando o obsceno.

Katia logo percebeu que estava sendo examinada e teve o cuidado de responder com franqueza e não se deixou seduzir por seus modos rudes.

Por fim, o recrutador fez uma oferta.

Em troca de um contrato de serviço de três anos, a Agência garantiria a você uma generosa renda mensal mínima e cuidaria do seu transporte para a Grã-Bretanha, incluindo toda a documentação de imigração necessária.

O melhor de tudo é que, quando ela tinha três anos, eles tinham a garantia de obter a cidadania para ela na Grã-Bretanha ou nos Estados Unidos.

Katia sabia que muitas dessas promessas muitas vezes não tinham sentido ou eram falsas.

No entanto, todos os seus contatos falaram muito sobre Robson e sua organização.

Ele tinha a reputação de manter sua palavra.

E como ela tinha pouco a perder, Katia assinou o contrato sem maiores discussões.

Ela agora era uma escolta de alta classe.

CAPÍTULO II

Durante sua primeira semana em Londres, Katia fez um curso sobre comportamento e sendo ensinada por vários dos principais funcionários de Robson.

Eles a familiarizaram com a última moda, as fofocas quentes que cercavam a sociedade, bem como os nomes e origens dos ricos e famosos.

Como parte deste curso, ela foi obrigada a fazer sexo com um homem e uma mulher que, entre eles, a sujeitassem a todas as atividades sexuais possíveis.

Motivada pela determinação de nunca mais retornar à pobreza de seu antigo lar, Katia 'se formou' com louvor.

Katia logo se acomodou em sua nova vida na alta sociedade e, na maioria das vezes, ela a achou agradável, mesmo que os homens que ela recebia fossem imprudentes e exigentes às vezes.

Ela estava trabalhando há três meses e tinha acabado de se mudar para um novo apartamento quando recebeu um telefonema da secretária de Robson.

Ela compareceria a uma reunião com o Sr. Robson na manhã seguinte.

Chocada com este acontecimento sem precedentes, Katia passou a noite tentando se lembrar de qualquer ofensa, real ou imaginária, que poderia tê-la colocado em apuros.

A ideia de que ela poderia ser demitida e expulsa de sua nova vida a apavorava.

CAPÍTULO III

Katia estava sentada do lado de fora do escritório de Robson por quase meia hora quando outra mulher entrou e se sentou ao lado dela.

Katia nunca havia conhecido essa mulher antes, mas ela se encaixava no perfil geral dos acompanhantes da Agência.

Ela tinha cabelo preto e era mais baixa do que Katia.

Ela estava vestida com um terno de couro preto justo e esticado que mostrava claramente que seu corpo era lindo, culto e bem tonificado.

O quente cheiro almiscarado do couro combinado com o perfume e o aroma natural da mulher invadiram Katia, que se virou para sorrir para ele e assentir.

A chegada da mulher pareceu funcionar como um sinal e momentos depois, a secretária ergueu os olhos de sua papelada e gesticulou para que os dois entrassem no santuário de Robson.

Katia bateu na porta e abriu.

Quando os dois entraram, viram seu patrão, Anthony Robson, parado na frente de um sofá, sorrindo generosamente.

Uma mesa baixa estava posta com chá e biscoitos.

Katia relaxou um pouco, pois o cenário não parecia levar a uma reprimenda ou dispensa.

"Senhoras, sejam bem-vindas", disse Robson, abrindo os braços como se fosse abraçá-las.

"Sente-se, por favor", disse ele, indicando as cadeiras de cada lado dela. 'Chá?'

Ambas as mulheres concordaram.

Katia podia ver sua própria confusão refletida no rosto da outra mulher.

Ela nunca tinha ouvido falar de um funcionário sendo homenageado dessa forma.

Sua atenção voltou para Robson quando o ouviu limpar a garganta, preparando-se para falar com eles.

'Estou muito feliz em conhecê-los hoje. Não é sempre que posso falar com as tropas, por assim dizer ', disse Robson, que parecia um típico desenho animado de chefe da velha guarda.

No entanto, seus olhos traíram o intelectual perspicaz e calculista que o levou ao topo de sua indústria um tanto sombria.

- Acho que devo começar nos apresentando. Katia, esta é Samantha, Samantha, Katia. '

As duas mulheres acenaram educadamente uma para a outra e, ao mesmo tempo, aproveitaram a oportunidade para fazer uma avaliação mais abrangente das qualidades e da aparência da outra.

Katia viu que suas impressões iniciais de Samantha estavam corretas e, após uma inspeção mais próxima, ela parecia ainda mais ágil e com o corpo de pantera do que antes.

Seus grandes olhos castanhos escuros pareciam dominar seu rosto afiado e angular, fazendo-a parecer uma modelo predatória.

Robson largou o chá e continuou:

'A agência foi contatada por um cliente muito importante, que fez um pedido bastante incomum. Devido à importância e aos benefícios potenciais a serem obtidos se formos capazes de satisfazer este cliente, escolhi duas de nossas melhores garotas para este trabalho. ' Ele acenou com a cabeça, olhando para cada mulher por vez. 'Samantha, se você aceitar o trabalho e trabalhar de forma satisfatória para o cliente, receberá dez vezes o seu valor normal. Katia, sua recompensa, eu suspeito, será ainda maior. Se você se sair bem neste trabalho, a Agência renunciará ao restante dos termos do seu contrato, bem como organizará seus documentos de cidadania.

Katia sentiu seu coração pular quando ouviu as palavras de Robson.

Não apenas estava sendo oferecida sua liberdade, mas também a oportunidade de escapar permanentemente do medo de ter que retornar ao desespero de sua vida anterior.

No entanto, o sorriso gentil de seu empregador trouxe seus pensamentos de volta à realidade.

Robson ainda não havia dito o que era exigido deles em troca.

'Eu não vou fazer nada criminoso. Nem que haja filhos nem venda de drogas ", disse Katia." Se eu quisesse esse tipo de vida, teria ficado em casa ".

Com o canto do olho, ela viu Samantha olhando para ela com as sobrancelhas levantadas.

Robson parecia magoado, aparentemente angustiado por Katia suspeitar de seus motivos.

"Não, não é nada disso", disse ele, balançando a cabeça cuidadosamente penteada. - Vou explicar para você. Nosso cliente é Virginia Williamson, ex-esposa de Joseph Williamson.

Os olhos de Katia se arregalaram de surpresa.

Joseph Williamson foi o fundador e CEO de uma das maiores empreiteiras de defesa da Europa.

Seu desaparecimento espetacular e repentino durante uma demonstração de um novo sistema anti-míssil, que tornaria Williamson um super-milionário e revolucionaria os sistemas defensivos do mundo, ocupou as manchetes por dias.

'Senhoras. Williamson veio nos ouvir por meio de uma amiga e ela expressou interesse em nossos serviços. ' A atitude de Robson mudou quando ele começou a falar de negócios, e ele parecia mais o cafetão de alta classe que realmente era. 'Ela solicitou que lhe fornecessemos duas mulheres para uma sessão de BDSM. No entanto, ela não quer submissas experientes, mas mulheres "normais".

Samantha balançou a cabeça lentamente em compreensão.

Quando Robson olhou para ela, ele deu de ombros e disse:

'Porque não?'.

Katia hesitou.

O pensamento de dor não a assustava, mas ela estava preocupada em não ser capaz de satisfazer aquele cliente e, portanto, correr o risco de incorrer na ira de Robson.

'Por que você me escolheu?' Ela perguntou a ele.

"Na verdade, a Sra. Williamson foi quem você escolheu do nosso catálogo de vídeos", Robson respondeu enquanto seus olhos se estreitaram com a falta de entusiasmo de Katia.

Katia de repente percebeu que ela tinha sido a principal escolha da Sra. Williamson.

Ela acenou com a cabeça e sorriu para seu chefe.

"Eu estava preocupado em não ser capaz de satisfazer seus gostos", explicou ele, "mas se ela me escolheu, estou feliz em ir."

"Bom", disse Robson, sorrindo novamente e esfregando as mãos como um negociante que acabou de fechar um negócio em uma venda difícil. "E lembre-se, ela está pagando um preço premium, por tudo o que aconteça que não seja uma lesão grave na sessão", disse ele, levantando uma sobrancelha em ênfase.

Ambas as mulheres concordaram.

Katia não conseguia pensar em nenhuma resposta que não soasse assustada ou arrogante, então ela apenas fez um som de concordância.

- Vocês dois estarão prontos para ir para casa às duas da tarde amanhã. Robson disse.

Katia percebeu que aquela era a despedida e se levantou para sair.

Robson acenou um vago adeus.

Quando percebeu que Samantha não tinha feito nenhum movimento para sair, ele hesitou.

"Vá em frente Katia. Eu tenho outra coisa para discutir com Samantha", disse Robson, convidando-a a sair do escritório.

* * *

Katia saiu do prédio.

Sua mente estava cheia de pensamentos e emoções conflitantes.

Ela não sentiu nenhuma gratidão por Robson, pois foi o cliente que a escolheu e ela provavelmente estava pagando uma taxa incrível.

Ela estava trabalhando há tempo suficiente para saber que mulheres realmente atraentes e elegantes que estavam dispostas a aceitar punições graves eram extremamente raras, então a oferta de Robson era justa.

Ela também sentiu alguma apreensão, já que nunca havia sido espancada ou torturada antes.

Enquanto ela se sentava no banco de trás do táxi a caminho de casa, ela cautelosamente beliscou sua coxa e tentou se imaginar sorrindo e flertando com a Sra. Williamson enquanto seu corpo inteiro estava cheio de dor.

***

Sentada na beira da cama, Katia se olhou no espelho e acenou com a cabeça.

O prêmio valeu a pena e ela estava determinada a agradar a esse cliente incomum a qualquer custo.

Tendo se decidido, Katia dormiu profundamente naquela noite, sem ser perturbada por outras dúvidas.

CAPÍTULO IV

Katia passou a manhã seguinte no salão trabalhando em seu corpo, barbeando e aparando os pelos pubianos e esfregando a loção na pele até que brilhasse.

Depois de um almoço leve com salada e uma taça de vinho branco, ela foi buscada por uma limusine alugada.

Samantha já se encontrava no carro e estava igualmente em impecável estado de limpeza.

Ela usava uma saia de lã preta que ia logo abaixo dos joelhos, mas tinha uma fenda na lateral quase até os quadris, um suéter marrom escuro de gola alta e botas combinando, e uma jaqueta de couro de cor creme enorme..

Katia estava feliz por ter escolhido usar uma jaqueta cinza e saia com uma blusa de seda creme.

Suas aparências contrastantes apenas destacariam as diferenças entre as duas mulheres, dando à cliente um pouco de variedade e escolha.

Katia ficou surpresa ao ver um smartphone preso à cintura de Samantha.

Era regra que, enquanto estivesse na Agência, ninguém carregasse telefone.

A Agência não disponibilizou acompanhantes para o "jejum" em quartos de hotel e a proibição de smartphones serviu apenas para enfatizar o fato de que as meninas nunca devem apressar um cliente ou ignorá-lo enquanto conversam ao telefone.

Samantha percebeu a surpresa de Katia e sorriu.

'Pedidos do chefe. Ele quer ter certeza de que tudo vai de acordo com a Sra. Williamson ', disse ela, batendo no telefone com uma unha bem cuidada. 'Não te preocupes. Vou desligar quando chegarmos lá. '

O carro parou em frente à porta da frente.

O pessoal de segurança deve ter recebido o número do carro e as fotos dos ocupantes esperados porque a porta foi aberta antes que o motorista tivesse a chance de alcançar o intercomunicador.

Quando pararam em frente à casa, Katia e Samantha esperaram que o motorista abrisse as portas antes de sair graciosamente do veículo.

A porta da frente estava aberta e um mordomo de terno escuro esperava atrás dela.

"A Sra. Williamson está esperando por você na sala de estar", disse ele enquanto se aproximavam. - Por favor, caminhe por aqui.

O mordomo não deu nenhuma indicação visível de que estava ciente de sua ocupação ou do propósito de sua visita.

Katia tinha certeza de que conhecia todos os detalhes e teria preferido que eles tivessem entrado pela entrada de serviço.

O mordomo bateu de leve na porta da sala e anunciou:

"Seus visitantes estão aqui, senhora."

Ele deu um passo para o lado e conduziu as duas mulheres para a sala.

- Feche a porta, Phillip. Você não deve nos interromper por nenhum motivo, a menos que eu ligue para você ", disse Virginia Williamson, levantando-se da cadeira.

Ele esperou a porta fechar e eu sei que o mordomo estava fora antes de falar novamente.

Sorrindo, ela disse:

'Bem-vinda. Eu estava ansioso para vê-los. '

"Você deve ser Katia, e você, Samantha," ele continuou, acenando com a cabeça para cada um deles.

Katia e Samantha sorriram e acenaram de volta.

A Sra. Williamson não fez menção de apertar as mãos, então ambos esperaram que o cliente indicasse como eles queriam proceder.

“Sente-se e vamos conversar um pouco”, disse a anfitriã. - Ah, e por favor, você pode me chamar de Virginia.

Ele esperou até que as duas garotas se sentassem antes de continuar.

- Deixe-me dar algumas informações para que você entenda o que quero de você.

Ele parou por um momento para organizar seus pensamentos.

"Casei com meu marido por causa do dinheiro dele, e ele sabia disso. Não havia ilusões em nenhum dos lados, mas, por favor, não pense que tudo era sombrio e mercenário. Nós nos damos muito bem e formamos uma boa equipe. '

Virginia sorriu.

"Eles devem estar se perguntando por que estou contando a eles toda essa história prosaica. Bem, eu sou uma mulher bonita e inteligente o suficiente para fazer dele um companheiro adequado. No entanto, ele me escolheu em particular por outro motivo. Você vê, no quarto, ele era um sádico. Ele gostava de machucar fisicamente seus amantes. '

Ao ouvir essa revelação, Katia e Samantha rapidamente se entreolharam.

Vendo isso, Virginia riu, e sua voz suave e melodiosa surpreendeu as meninas.

'Não, queridos, eu não me tornei uma pobre donzela vitimizada. Pouco depois de nos conhecermos, ele me contou tudo sobre seus gostos em "entretenimento". Fui eu que me ofereci para uma vida muito confortável. Ao contrário de uma esposa espancada, eu sempre fui genuinamente alegre e amoroso em público e estava sempre disponível para me divertir e jogar quando ele estava de bom humor. Quando descobrimos que ela tinha um tumor inoperável no cérebro, ela ficou realmente chocada e triste. No final, ele disse que eu era a única pessoa no mundo com quem ele havia convivido que não havia tentado mudá-lo por esse motivo e, para minha surpresa, ele me deixou tudo o que tinha em seu testamento. "Ela mordeu o lábio, perdida. , novamente, em seus pensamentos.

De repente, Virginia se animou.

"Na verdade", disse ele, "todas as questões técnicas jurídicas foram resolvidas ontem e, em pouco tempo, os curadores de seu espólio estabelecerão um link especial para mim na intranet da empresa. Assim que eu entrar com meu novo usuário em O terminal móvel nesta mesa, o controle de todas as contas bancárias de meu marido, os direitos de patente e as ações passarão a meu favor.

Ela riu novamente.

'Meu marido amava muito seus brinquedos. Toda a casa está configurada com uma rede sem fio infravermelho. Ele costumava levar este terminal para todo lugar, até para o banheiro.

Virginia Williamson se levantou e se virou.

O tecido branco translúcido e macio de seu vestido se movia como uma nuvem apanhada por uma rajada de vento e as duas garotas viram que ela tinha um corpo fino e bem tonificado.

- Pode-se dizer que vocês dois são um pequeno presente para mim para comemorar a ocasião. Na verdade, um bom amigo meu me deu a ideia. Quando disse que não desejava ao meu falecido marido qualquer má vontade por me tratar como ele me tratou, falei sério. No entanto, parece-me que no fundo, num cantinho da minha mente, sempre senti que outras mulheres riam de mim e isso me incomodava. "Ele olhou nos olhos de cada uma das meninas." Eu digo a mim mesmo para Sei que milhões de mulheres teriam feito o mesmo se tivessem a minha chance, mas preciso ver por mim mesma. "E apontando para Samantha, ela perguntou pela primeira vez:" Você entende o que eu quero?

Samantha sorriu e encolheu os ombros.

'Estou aqui para você se divertir. Se você quiser enrubescer minha bunda ou me dar um tapa, sou toda sua - disse ela, dando tapinhas nas nádegas com a mão.

Virginia ergueu uma sobrancelha elegante e depois se virou para Katia.

'E você?'

Katia considerou a atitude de Samantha e pensou no que a mulher havia dito.

Ele também se lembrou de que Virginia não queria submissas experientes.

Ele deu um passo à frente e pegou a mão de Virginia na sua.

Trazendo-o aos lábios, ele beijou as pontas dos dedos da mulher e então pressionou a mão no rosto dela.

Lentamente, ele passou a mão pelo ângulo de sua mandíbula e pela curva graciosa de seu pescoço até que descansou na curva superior de um de seus seios.

"Não sei como os sádicos tocam, mas conheço meu próprio corpo. Eu sei o que é bom e o que dói. Normalmente as pessoas querem que eu lhes diga o que é bom e onde gosto que meu corpo seja tocado. Mas vou lhe mostrar todos os lugares suaves, ternos e sensíveis que me farão gemer, chorar e gritar. Vou estender a mão e me abrir para que você possa alcançar todos os pontos secretos e úmidos e delicados com seus dedos, mãos, dentes e chicotes. Vou te beijar e lamber enquanto você me machuca. Eu tenho um corpo lindo e sexy e é todo seu para brincar como quiser '

Virginia olhou profundamente nos olhos de Katia e viu força, determinação e humor.

Ela gentilmente apertou o globo firme e carnudo sob a palma da mão e assentiu.

Ela baixou a mão e voltou a sentar-se.

'Deixe-me ver você nua. Vocês dois. Tire todas as suas roupas, então venha e fique na minha frente. '

Katia e Samantha ficaram aliviadas ao ouvir este pedido familiar.

Despir-se graciosamente na frente de um estranho era uma das primeiras coisas que qualquer acompanhante aprendia a fazer.

Samantha puxou o smartphone da cintura e o entregou a Katia enquanto ela pressionava o botão desligar, desligando o LED brilhante na frente do dispositivo.

Ela piscou, enfatizando sua conformidade com as regras da Agência, e então colocou o telefone na mesa ao lado do terminal de computador.

Samantha tirou as roupas e jogou-as de lado como se estivesse feliz por se livrar delas, expondo seu corpo bronzeado e tonificado quase alegremente.

Com passos seguros e confiantes, ele se afastou de suas vestes, parando a um braço de distância da Virgínia.

Ele correu as mãos levemente pela frente de seu corpo, do topo de seus seios, sobre seus mamilos pontudos e sobre o plano ondulado de sua barriga plana antes de colocá-los arrogantemente em seus quadris.

Katia era menos exibicionista.

Na verdade, ela sempre se sentia um pouco envergonhada quando tirava a roupa na frente de um cliente.

Ele cuidadosamente dobrou cada peça de roupa e as colocou de lado em uma cadeira, expondo seu corpo com eficiência, mas sem o espetáculo de seu colega.

Mantendo os saltos altos, ela se juntou a Samantha na frente da Virgínia.

Virginia se inclinou para a frente em seu assento e estendeu a mão para tocar as coxas firmes e macias das duas meninas.

A sensação de sua carne quente sob seus dedos parecia trazê-la para a realidade da situação e seus olhos brilharam de excitação.

Sua língua cruzou os lábios enquanto ele permitia que todas as suas fantasias vingativas e imagens de humilhações passadas, reais ou imaginadas nas mãos de mulheres da sociedade desdenhosa, enchessem sua mente.

Ele correu os dedos pela pele sedosa de suas coxas, parando antes de tocar seus montes.

"Vamos jogar um joguinho", disse Virginia.

Alcançando sob a mesa de centro ao lado de sua cadeira, algo semelhante a um chicote de equitação de aparência perversa feito de couro preto brilhante.

- Quero que vocês dois brinquem um pouco com vocês. Fique exatamente onde está agora e abra um pouco as pernas. '

Ele esperou que as duas garotas obedecessem, arrastando os pés até ficarem como soldados descansando em um desfile.

- Agora, use os dedos de uma das mãos para separar os lábios e me mostrar os clitóris - ordenou Virginia.

Juntas, Samantha e Katia estenderam a mão e espalharam os lábios externos com os dedos indicador e médio, fazendo com que seus lábios internos rosa pálido parecessem um par de borboletas carnudas.

Ao puxar um pouco para cima, eles conseguiram puxar o capuz de pele de proteção para trás e longe de seus clitóris.

"Isso é bom", disse Virginia. 'Agora quero que os dois brinquem com os clitóris. Não toque em nenhum outro lugar. Apenas seus clitóris.

Katia levou a mão à boca para lubrificar a ponta do dedo.

Virginia balançou a cabeça e disse:

'Não. Não faça isso Não use qualquer lubrificação. ' Ela acenou com o chicote na frente de seus quadris. 'Este é um concurso. O vencedor leva seu prêmio na bunda com este chicote ', disse ela, sorrindo,' e o perdedor terá sua boceta socada. "

As duas garotas começaram a acariciar seus clitóris com cautela, estremecendo quando seus dedos secos arranharam a pele seca e dolorosamente sensível.

- A propósito - disse Virginia. 'Ainda não decidi se o que correr primeiro ou o que terminar em segundo será o vencedor. Talvez jogue uma moeda. Mas deixe-me avisá-lo, vou punir qualquer um que tente fingir um orgasmo ou realmente não tentar gozar. "

Samantha gemeu de consternação e fechou os olhos em concentração, esfregando o dedo em pequenos círculos ao redor de seu clitóris rígido.

Katia usou uma técnica diferente, mantendo a ponta do dedo em um ponto logo acima do clitóris e vibrando o dedo em pequenos movimentos de um lado para o outro.

Ambas as garotas acharam muito difícil se estimular o suficiente para chegar ao clímax sem serem capazes de tocar o resto de seus corpos.

Além disso, a pressão de estar em uma competição tornava tudo ainda mais difícil.

E apesar do aviso de Virginia, as duas meninas não tiveram escolha a não ser tentar chegar ao clímax primeiro na esperança de evitar o castigo mais severo.

Os músculos das pernas e nádegas de Katia tremiam com o esforço de ficar em pé com os pés afastados enquanto ela se lançava ao orgasmo.

Ele ansiava por ser capaz de acariciar seus seios e mamilos, descobrindo que a necessidade de se concentrar apenas em seu clitóris estava realmente tornando mais difícil para ela gozar.

A fricção constante de seu dedo seco estava começando a fazer seu clitóris doer e Katia sabia que estava em uma corrida não apenas com Samantha, mas com seu próprio corpo.

Ela tinha que chegar ao clímax antes que seu toque se tornasse muito irritante para ela chegar ao orgasmo.

Ela concentrou sua atenção no pequeno botão que se espalhou entre seus dedos, permitindo que seus sentimentos, de vergonha e excitação por se mostrar para Virginia dessa forma obscena, aumentassem seu estímulo.

Na verdade, ela sentiu seu clitóris formigar quando o olhar de Virginia varreu sua virilha.

Cada movimento de seu dedo enviava uma vibração vibrante por seu corpo, irradiando para fora de seu clitóris superestimulado.

Ele correu pelas ondas de sensação e absorveu a dor de seu clitóris, combinando prazer e dor.

Virginia mudou sua atenção para Samantha, que estava girando agressivamente o clitóris, ignorando o desconforto e se esfregando cada vez mais forte.

Inclinando-se nos quadris, empurrando sua mão e ofegando.

Seus olhos se fecharam com força e sua pele começou a brilhar com o esforço enquanto se dirigia ao orgasmo.

A mulher observou fascinada as duas garotas se masturbando tensas e gemendo enquanto se aproximavam do clímax quase ao mesmo tempo.

Ele viu os olhos de Samantha olharem para Katia, e então seus dentes estavam aparecendo em um sorriso triunfante enquanto os músculos de sua barriga se contraíam e se contraíam nos pequenos movimentos convulsivos que indicavam seu orgasmo.

Os quadris de Samantha se moveram e se achataram como se ela estivesse empurrando um amante invisível e suas coxas se fecharam, prendendo sua mão entre elas.

Apenas alguns segundos depois, Katia gritou sem dizer nada quando seu dedo vibrante finalmente a levou ao orgasmo.

Ela cambaleou quando a sensação intensa fez seus joelhos ficarem fracos, mas ela manteve sua postura geral e continuou a trabalhar seu clitóris, fazendo com que seu clímax se transformasse em uma série de mini-orgasmos.

Virginia podia realmente ver o clitóris de Katia latejando e se movendo enquanto ela entrava e saía.

A abertura da vagina de Katia brilhava com fluidos leitosos que ameaçavam vazar de seu buraco e pingar no carpete.

Ciente de que estava realmente se apresentando para o entretenimento de seu cliente, Katia manteve sua posição e abriu sua boceta com cuidado para que Virginia pudesse ver as pétalas rígidas de seus lábios internos e a cor vermelha profunda de sua carne estimulada.

Ela se encolheu mentalmente com a ideia de ser espancada em sua boceta.

Virginia bateu palmas.

'Senhoras, bravo! Foi um excelente desempenho de vocês dois. “Então ele tirou uma moeda, que jogou no ar. 'E o vencedor é: Aquele que veio por último! 'Ele disse isso chorando dramaticamente.

Samantha grunhiu de desgosto, enquanto Katia deu um pequeno suspiro de alívio.

Acenando com o chicote, Virginia disse:

'Tudo bem, vamos distribuir os prêmios. Katia, você primeiro. Mantenha as pernas como estão e agache-se para receber seus seis prêmios. '

Katia obedientemente se abaixou e colocou as mãos nos joelhos, observando o chicote de aparência desagradável com medo.

O chicote de montaria e seu suporte desapareceram de vista atrás dela e ela cerrou os dentes em antecipação.

Apesar de sua concentração assustada, o golpe do chicote no ar mal teve tempo de ser registrado em sua mente antes que ela sentisse o chicote atingir suas nádegas diretamente.

Dor ardente e penetrante encheu ambas as bochechas de suas nádegas bem esticadas enquanto ela balançava para frente com o impacto.

"Por favor, conte-os", disse Virginia, observando o rápido aumento da cor que cortava a pele de Katia com perfeição.

'1!' Katia engasgou.

SSSSS ... crack!

'Oh! Dois'

O terceiro golpe atingiu Katia bem na junção onde suas coxas encontravam suas nádegas, e a ponta do chicote arrancou uma pequena gota de sangue, pintando um hematoma vermelho escuro.

Katia gritou de dor, os dedos cerrados sobre os joelhos enquanto ela lutava contra seu desejo instintivo de pular e esfregar sua carne ferida.

'Três'.

A quarta e a quinta chicotadas se seguiram em rápida sucessão, traçando mais duas linhas retas de vermelho no traseiro de Katia.

Virginia mirou com cuidado e lançou seu chicote com força para o sexto e último golpe.

Desta vez, o chicote atingiu diretamente uma nádega, mas a ponta afundou na fenda entre eles, mordendo selvagemente o buraco de Katia.

A dor e o choque foram muito grandes para Katia, que se levantou e abriu as mãos para proteger a carne ferida.

No entanto, ela ainda manteve presença de espírito suficiente para gritar 'Seis!' e assim terminar sua provação.

Virginia passou a mão pela pele vermelha de fogo de Katia, apreciando o calor e a sensação das cristas rígidas com bordas vermelhas que ela fez aparecer lá.

Katia pressionou seu corpo contra seu algoz, seus seios esmagando contra o ombro de Virginia.

- Doeu muito? Virginia perguntou suavemente.

Katia balançou a cabeça, acariciando o braço da mulher.

"Não importa", respondeu ela, "desde que eu esteja feliz."

Virando a cabeça para olhar o rosto de Virginia, ele deu um sorriso triste.

"Você pode me bater um pouco mais se quiser" ela ofereceu.

Virginia beijou sua bochecha e sorriu de volta.

- É o suficiente por enquanto. Samantha está esperando para brincar comigo. '

Ela deu um abraço em Katia.

A sensação e o cheiro do belo corpo da loira em seus braços encheram seus sentidos e Virginia pôde sentir sua calcinha ficar pegajosa na virilha.

CAPÍTULO V

De pé com os braços cruzados sobre os seios, Samantha tinha visto Katia espancando com um pequeno sorriso no rosto, mas ele rapidamente desapareceu quando as outras duas mulheres olharam para ela.

Ele apontou o nariz para o chicote na mão de Virginia e disse:

- Agora é minha vez, eu acho. Então, o que você quer que eu vista? Levantar minha bunda como Katia não vai funcionar se você vai comer minha buceta.

"Por que você não sugere algo?", Virginia respondeu, batendo o chicote na palma da mão.

Samantha olhou ao redor da sala em busca de inspiração.

Percebendo que qualquer posição que exigisse que ela mostrasse equilíbrio e concentração, enquanto tinha seus órgãos genitais espancados, era impossível de manter, ela fez sua escolha.

'Que tal eu deitar de lado no sofá? Posso levantar minha perna e abri-la para que você tenha uma boa chance de bater em minha boceta. '

Ela adaptou suas palavras à ação, demonstrando a postura que havia sugerido.

Com o antebraço enganchado atrás do joelho, ela foi capaz de segurar a perna com os dois braços, o que a ajudaria a manter as pernas abertas, mesmo quando Virginia golpeasse seu sexo.

"Isso parece bom", disse Virginia, tocando a boceta de Samantha experimentalmente com o chicote.

A postura da menina abriu a vulva de seu sexo de tal forma que Virginia pôde ver sua passagem vaginal.

A visão da vagina aberta de Samantha deu a Virginia uma ideia e ela se virou para Katia, que ainda estava esfregando cuidadosamente suas nádegas doloridas.

'Katia, quero que você faça algo por mim enquanto eu entretenho Samantha.'

Katia assentiu.

'Claro'.

Virginia apontou com seu chicote.

- Está vendo aquele vibrador preto e prata brilhante ali? Eu quero que você coloque em sua boceta e ligue. Gire o botão lentamente, um clique de cada vez. Quero ver até onde você vai quando terminar com Samantha.

Intrigada, Katia disse "OK" e então se dirigiu ao dispositivo indicado.

Ao pegá-lo, ficou surpreso ao descobrir que era mais pesado do que esperava.

As tiras brilhantes que corriam ao longo do cilindro do vibrador eram feitas de metal e frias ao toque.

Ela percebeu que o peso tornaria mais difícil mantê-lo dentro de seu corpo, a menos que ela mantivesse as pernas apertadas.

Encolhendo os ombros, Katia colocou a ponta arredondada e macia na abertura de seu sexo e gentilmente girou o vibrador de um lado para o outro, inserindo-o.

Ele deslizou facilmente em sua boceta, que ainda estava molhada de sua sessão de masturbação.

Como Virginia não estava olhando, ela não demonstrou a inserção do dispositivo, mas simplesmente o deslizou por seu corpo em um movimento suave.

Quando a ponta tocou o colo do útero, apenas o botão de controle serrilhado foi exibido.

A sensação fria do metal dentro de seu corpo a fez estremecer.

Katia olhou para Virginia, que estava ocupada brincando com os lábios de Samantha, batendo levemente as pétalas molhadas de seus lábios internos com a ponta de couro plana de seu chicote.

Katia olhou entre as pernas para o plástico preto brilhante que se projetava de seu corpo.

As instruções de Virginia para girar o botão um clique de cada vez a deixaram desconfiada, suspeitando que o motor do vibrador era mais potente do que o normal.

Ela girou o botão, sentindo um clique sob seus dedos.

Para sua surpresa, não houve nenhum zumbido ou movimento perceptível.

Então ela sentiu a pequena sensação de formigamento que percorreu sua vagina, fazendo com que seus músculos internos se contraíssem no objeto intruso.

Ela ofegou suavemente, percebendo que o 'vibrador' não continha nenhum motor.

O peso que sentiu era inteiramente devido a uma grande bateria.

As tiras de metal do lado de fora não eram apenas enfeites, mas na verdade contatos elétricos.

Ele tentou girar o botão na outra direção para desligar a correnteza, mas ele não se mexeu.

A chave foi projetada para girar em apenas uma direção, a menos que uma trava oculta tenha sido liberada.

Cautelosamente, Katia girou o dial novamente.

A corrente imediatamente cresceu em força, e agora era forte o suficiente para sentir como se alfinetes e agulhas estivessem picando dentro de sua vagina.

Olhando para o mostrador, seus olhos se arregalaram em choque.

Havia um total de dez paradas no quadrante e, se a segunda desse essas sensações, os níveis mais altos gerariam um forte choque e poderiam até queimar a carne nos pontos de contato.

Não admira que Virginia quisesse ver até onde Katia iria!

Mas ela estava determinada a não decepcionar a mulher, então ela girou o botão novamente.

Como esperado, a sensação de picada aumentou significativamente em força, agora parecendo como pequenas picadas de formiga que continuaram sem parar.

Ele sentiu sua testa ficar molhada e uma pulsação dolorosa começou a se espalhar por seu abdômen.

Naquele momento, um golpe forte veio do outro lado da sala.

Erguendo a cabeça, Katia viu o corpo de Samantha estremecer quando o chicote atingiu sua boceta raspada.

Ele ouviu Virginia dizer:

- Vou deixar o número de acertos para você. Apenas me diga quando você tiver o suficiente.

Cravando as unhas na coxa, Katia girou o botão novamente.

A dor aguda o fez jogar a cabeça para trás e cerrar os dedos de ambas as mãos nos músculos das nádegas machucadas.

Este nível era o mais longe que ela queria chegar se ela fosse ficar aqui e esperar que Virginia terminasse de bater em Samantha.

Virginia baixou o chicote novamente com um movimento brusco do pulso, atingindo Samantha nos dois lábios externos carnudos.

Várias marcas vermelhas cruzadas agora decoravam o monte de Samantha e seus lábios internos começaram a inchar onde o chicote os atingiu..

Samantha levou o joelho ao rosto e abraçou a coxa contra o peito com uma determinação implacável.

Ele observou com os olhos apertados enquanto Virginia puxava o chicote para outro golpe.

O chicote brilhou em um arco cinza difuso antes de atingir a carne de Samantha.

Desta vez, Virginia tinha apontado o chicote de modo que apenas a ponta atingisse sua vítima, pousando bem na junção superior de seus lábios e gastando toda sua força no clitóris de Samantha e ao redor dele.

Samantha gritou de dor, sua perna livre chutando o tecido do sofá como se para afugentar seu algoz.

A dor aguda do chicote atingindo seu clitóris sensível era quase insuportável.

Virginia se ajoelhou ao lado de Samantha e perguntou a ela:

"Quantos desses você acha que poderia lidar?"

Samantha balançou a cabeça, ainda ofegante pela agonia que enchia sua virilha.

'Não sei. Isso realmente dói'

Maliciosamente, Virginia disse:

"Dê-me um número. Se for razoável e você puder ficar quieto durante eles, vou parar de bater na sua vagina."

Samantha piscou confusa enquanto tentava decidir o número mínimo de golpes em seu clitóris que Virginia aceitaria e que ela poderia levar sem quebrar.

'Cinco?' ela disse esperançosa.

"Combinado", disse Virginia. 'Concordo'.

O chicote cortou o ar e atingiu o quadrado do sexo novamente.

Samantha gemeu e se contorceu no sofá. Parecia que seu clitóris havia sido cortado por uma faca.

O segundo golpe caiu como uma explosão de fogo em sua virilha.

A pele ao redor de seu clitóris estava ficando profundamente vermelha, e o minúsculo casulo sexual tinha inchado quase duas vezes seu tamanho normal.

Apesar de sua determinação, Samantha permitiu que sua perna caísse em um movimento instintivo para proteger seus órgãos genitais feridos.

"Isso está errado", Virginia repreendeu. "Vamos ver aquele pequeno clitóris adorável", disse ele, acenando com a mão.

Com um gemido soluçante, Samantha levantou a coxa, expondo totalmente sua boceta mais uma vez.

Quando Virginia balançou seu chicote e atingiu seu clitóris com um golpe prático, Samantha ficou mortificada ao sentir uma pequena gota de urina escapar de sua uretra enquanto ela recuava do golpe pretendido.

Decidindo que Samantha merecia uma recompensa por sua força, Virginia colocou a ponta do chicote de ponta quadrada na abertura da vagina de Samantha.

"Guarde isso para mim, querida," ele disse enquanto enfiava a haste do chicote em sua boceta aberta.

Deixando o chicote projetar-se do corpo de Samantha como um pênis anoréxico, Virginia se virou para Katia.

Abraçando-os, ele segurou os seios trêmulos da loira em suas mãos, tocando seus mamilos com os polegares.

- Em que posição você está? ela perguntou.

"Quatro" Katia sussurrou. "Dói muito", acrescentou ele, inclinando a cabeça, "mas acho que estou ficando molhado."

Quando ele olhou para ela, havia uma expressão confusa em seus olhos.

Virginia beijou sua testa molhada.

Então, ele deslizou a mão pela frente do corpo de Katia até que a ponta do dedo indicador tocou o clitóris da garota.

Pressionando com firmeza a almofada de sexo molhada, Virginia sentiu um pequeno formigamento em seu dedo que era o resíduo da corrente ardente que estava rachando na boceta de Katia.

Agarrando o clitóris latejante com o polegar e o indicador, ele pressionou os lábios contra a orelha de Katia.

'Eu quero machucar você um pouco mais. Posso?'

Katia respirou fundo e se preparou, colocando as mãos nos quadris de Virginia como se ela estivesse se preparando para dançar.

- Você pode. - ela sussurrou de volta para ele.

Os lábios de Virginia pressionaram contra os dela e eles se beijaram, as línguas entrelaçadas e sondadas.

Ao mesmo tempo, Virginia beliscou firmemente o clitóris da menina, suas unhas cravando-se na carne delicada.

Ele sentiu seu hálito quente enquanto ofegava de dor, e o gemido dela vibrou em sua boca enquanto ele continuava a apertar e torcer a mordida deliciosamente sensível.

Naquele momento, o terminal de computador na mesa próxima deu um bipe.

'Ups, sinto muito. Eu tenho que parar por um momento. Chamadas de dinheiro - disse Virginia.

Ao passar por Samantha, ele arrancou o chicote de sua bainha carnuda e deu à garota assustada um golpe violento em seu clitóris.

"Eu não quero que você fique entediado", disse ele rindo feliz.

Virginia se abaixou para olhar a tela LCD e viu a mensagem que estava esperando.

O cursor piscante na tela destacou as palavras 'Digite a senha desejada, que não deve ter menos de 15 dígitos e pode conter letras e números'.

Ele digitou sua senha, que havia escolhido vários dias antes, e então apertou a tecla 'Enter'.

A tela ficou em branco momentaneamente e, em seguida, 'Parabéns. Sua senha foi aceita. '

Virginia se virou e bateu palmas de alegria.

'Finalmente!' ela exclamou. "Tudo já é meu."

Voltando para Katia, ele deu um beijo na bochecha da garota.

Em sua alegria, ele não percebeu Samantha se levantando do sofá e olhando na direção do computador.

De repente, um LED verde se acendeu na frente do smartphone que ela havia colocado na mesa e o rosto de Samantha se contorceu em um sorriso de lobo.

Empurrando o chicote que Virginia havia deixado cair no chão, ele deslizou para o casaco jogado.

Virginia estava mirando nos mamilos de Katia para dar uma beliscada brincalhona quando ouviu Samantha pigarreando com um 'Ahem!' teatral.

Então ele viu os olhos de Katia se arregalarem de surpresa.

CAPÍTULO VI

Virando-se, Virgínia engasgou ao ver Samantha, que usava a jaqueta nos ombros como uma capa e segurava uma pequena pistola automática preta em uma das mãos.

'Você gosta?' Samantha perguntou, sacudindo sua pistola. "É um S&W Bodyguard 380 automático e cabe perfeitamente no bolso da jaqueta sem fazer uma protuberância feia. E você nem consegue ver! ' Samantha acertou a arma com a outra mão. "Lamento não poder engatilhar o martelo com um clique ameaçador, como eles fazem nos filmes, e já coloquei uma bala na câmara, então não vou desistir do martelo também, mas tenho certeza que as mulheres sabem o que eles têm. o que fazer ', disse ele, apontando para cima com a mão livre.

Virginia e Katia levantaram as mãos, ainda chocadas com a súbita reviravolta dos acontecimentos.

'Confuso?' Disse Samantha. 'Já que nenhum de vocês é um especialista em kung fu, arrisco um momento para explicar. Vê aquele smartphone? Na verdade, é um receptor infravermelho e um dispositivo de gravação digital que me foi dado pelo consultor jurídico e amigo de seu querido marido falecido. Ela sorriu com a expressão chocada de Virginia. 'Sim, o mesmo amigo que lhe deu a ideia de nos contratar para sua diversão e jogos. Como foi ele quem redigiu o contrato para a instalação do sistema de rede sem fio nesta casa, não teve problemas em obter as especificações do sistema de criptografia e em ter um analisador adequado que se parece com um telefone. '

Samantha pressionou a mão contra sua boceta com um silvo de dor.

"Você não ousará usar essa arma aqui", disse Virginia.

- Você está pensando em seu fiel mordomo? Samantha perguntou ironicamente. 'Quando seu marido deixou tudo para você, a fidelidade dele de repente diminuiu. Você ganhará sua parte garantindo que nenhum dos outros membros da equipe esteja presente para testemunhar o que acontece aqui. ' Ela riu quando os ombros de Virginia cederam em derrota. 'Em um momento, vou apertar o botão' transmitir 'no telefone e meus parceiros receberão sua senha criptografada e começarão a transferir seu ... quero dizer ... nosso dinheiro para a nova casa deles.'

"Por que todo esse teatro?" Perguntou Katia. - Desde o início, você poderia ter apontado aquela arma para Virginia e pedido a ela para lhe dar a senha.

Virginia concordou com a cabeça.

'Sinto muito, mas não consegui.' Samantha disse balançando a cabeça. 'Nós sabemos tudo sobre o alarme automático que dispararia se a senha errada fosse digitada ou se uma palavra de código de emergência específica fosse usada. "

'Acontece agora?' Disse Katia.

Samantha balançou a cabeça tristemente.

'Haverá um escândalo terrível. Uma senhora pervertida rica contrata uma prostituta para jogos sexuais BDSM. A prostituta se opõe a um tratamento rude e saca uma arma. Eles brigam e a rica leva um tiro. No entanto, devido ao pequeno calibre da arma, a senhora rica ferida consegue agarrar a arma e atirar no coração da prostituta antes que ela mesma morra. ' Samantha gentilmente tocou seu clitóris inchado novamente. - E acho que você terá a honra incomum de levar um tiro na boceta - rosnou ela. - Abra as pernas, Virginia. Eu quero obter um bom tiro limpo '

'E se eu recusar?' Virginia perguntou, seu rosto ficando pálido.

Samantha encolheu os ombros casualmente.

'Eu tenho muitas balas. Não me importo de atirar em você primeiro nos joelhos e ombros.

Lágrimas de medo e desamparo correram pelo rosto de Virginia enquanto ela lentamente afastava os pés.

- Ei, Samantha ... posso te pedir um favor antes de atirar em mim? Katia disse, aparentemente resignada com seu destino.

'Do que?'

- Você poderia pelo menos tirar isso da minha buceta antes que aconteça? Katia respondeu, apontando para o vibrador que ainda estava embutido em sua boceta.

Samantha riu.

"Seria divertido se o seu corpo ainda encontrasse aquela coisa nele, mas ... OK, você pode tirá-lo", disse ele magnanimamente.

Katia sabia que só teria uma chance de sobreviver.

No entanto, isso dependeria de sua capacidade de suportar a dor sem mostrar nada no rosto.

Alcançando entre suas pernas, ele agarrou a ponta do vibrador com uma mão e o botão de energia com a outra.

- Deixe-me desligar essa maldita coisa primeiro. - ela murmurou.

Cerrando os dentes, Katia girou o dial para '10' com uma torção brusca do pulso.

A corrente se espalhou pelas paredes de sua boceta molhada, fazendo pequenas queimaduras dentro dela enquanto ela puxava o vibrador.

Katia lutou contra a vontade de gritar, pegou o dispositivo de tortura que vazava e casualmente o jogou em Samantha, dizendo:

"Se você quiser, pode ficar com ele."

Surpresa, Samantha deu um tapa no objeto voador.

Quando seus dedos tocaram os contatos de metal molhados, uma faísca roxa brilhante emergiu enviando um golpe abrasador por sua mão e braço.

Ela gritou com a explosão de energia elétrica que disparou por seu corpo.

O poder era realmente muito baixo para causar dano permanente, mas a atordoou por um segundo, tempo suficiente para Katia se lançar para frente e agarrar a mão que segurava a arma.

O dedo de Samantha puxou o gatilho e uma bala de 0,390 mm passou pela orelha de Katia.

Embora a bala não tenha causado nenhum dano, a explosão de canhão tão perto de sua cabeça a atordoou.

Atordoada, ela foi capaz de impedir Samantha de atirar nela novamente, mas não conseguiu tirar a arma de seu oponente.

Por vários segundos, as duas meninas lutaram, mas com uma torção proposital dos braços, Samantha conseguiu se libertar.

Katia olhou para o pequeno buraco negro na ponta da arma enquanto se alinhava com o olho dele.

Houve um alto 'estalo' e Katia olhou ao redor confusa quando percebeu que ainda estava viva.

Samantha desabou no chão, revelando Virginia segurando a caixa do laptop quebrada com as duas mãos, tendo usado o dispositivo eletrônico como um bastão muito eficaz.

'Meu marido sempre disse que os computadores podem ser muito ruins para a sua saúde' Virginia engasgou, derrubando o computador agora inútil na cabeça da Samantha inconsciente.

CAPÍTULO VII

A polícia veio imediatamente após a ligação de Virginia, levando Samantha e o mordomo traidor com eles.

Depois de dar suas declarações, a polícia deixou as duas mulheres se recuperarem, aconselhadas por novos advogados da Virgínia.

Katia se deixou cair no sofá, um copo de conhaque na mão.

'O que acontece?' Virginia perguntou, sentando ao lado dele.

'Bem, com meu chefe na prisão e sua empresa fechada, eu estava sem emprego. Sem patrocinador, terei que deixar o Reino Unido e voltar para a Europa ', suspirou Katia.

Virginia estudou a bela loira por um momento e então sorriu.

- Meu ex-advogado pode ter sido um ladrão, mas teve uma boa ideia. Eu estava gostando muito, a ponto de Samantha decidir mudar o roteiro da situação. '

- Quer dizer que você me contrataria? - perguntou Katia esperançosa.

'Eu ainda tenho muitas frustrações para representar e você foi muito mais divertido do que Samantha. Então, o que você acha? - Virginia respondeu.

Katia ficou pensativa por um momento, ainda sentindo a dor dentro de sua boceta.

Então ela sorriu e começou a olhar ao redor da sala.

- Para onde foi aquele chicote?

- Então você vai ficar? Virginia perguntou.

"Sempre quis ser terapeuta" Katia respondeu, acenando com o chicote e sorrindo triunfante.

FIM

SEXO EM TRANSPORTE PÚBLICO (INTERRACIAL)

CAPÍTULO 1

A cidade se estendia dos dois lados do rio como uma selva de concreto, com seus arranha-céus erguendo-se como dedos no ar.

A vista proporcionava um cenário pitoresco através das grandes janelas do apartamento de Julieta López.

Para Julieta, foi o início de mais um dia como jornalista mexicana de sucesso trabalhando para o jornal Local News.

Ele se sentiu bem com seu objetivo na vida hoje.

Ela estava cheia de confiança para o que o trabalho exigia até então e ela se sentia bem consigo mesma porque naquela manhã os sentimentos da noite ainda zumbiam em suas sensações.

A cidade parecia boa, ele pensou enquanto bebia um café fresco.

Então as mãos de Jimmy Clarkson pousaram em seus quadris por trás.

Ela podia sentir sua respiração em seu pescoço enquanto ele a beijava, separando seu cabelo escuro para um lado.

"Acho que estou me apaixonando por você, minha morena mexicana" ele sussurrou suavemente.

Ela fechou os olhos, aninhou-se nele novamente, sentindo sua presença.

"Eu gostaria que ainda fosse domingo. Então eu poderia ter você o dia todo" ela respondeu.

"Então ligue e diga que você está doente. Diga a eles que uma doença misteriosa e paralisante o atingiu de repente e que você deve ficar na cama o dia todo."

Julieta gemeu sua resposta.

"Eu adoraria fazer isso."

Ela pegou sua mão e a colocou em seu peito e Jimmy apertou suavemente, sentindo a rigidez de seu mamilo sob a camisola de renda branca.

"Eu amei a maneira como você me fodeu na noite passada."

"Eu não faço isso com todas as mulheres que encontro."

"Hmm ... então devo me considerar com sorte?"

"Não. Eu sou o sortudo."

Ela se virou para olhar em seus olhos castanhos.

Lentamente, eles se abraçaram em um beijo apaixonado.

"Compartilhe um banho comigo." Ele disse a ela, separando o beijo por um momento enquanto corria seus dedos finos suavemente sobre o rosto ligeiramente escuro dela. "Vamos ver o que pode acontecer."

O pensamento deixou Jimmy ainda mais duro do que ele já estava junto com o doce aroma de sexo ainda em seu corpo.

As coisas que ele queria fazer com ela novamente e as coisas que ele não teve a chance de fazer com ela vieram à mente.

Ela interrompeu o beijo mais uma vez, colocando os dedos nos lábios dele.

"Você realmente me ama, não é?" ela perguntou.

"Querer não é uma palavra forte o suficiente para descrever como me sinto agora."

***

A maioria das pessoas circulava pela cidade de táxi ou transporte público atualmente.

O tráfego era muito intenso e a cidade ainda era muito pobre para fornecer unidades de transporte adequadas para seus cidadãos.

Julieta teve a sorte de conseguir se associar a uma empresa de táxi.

Os trens e ônibus estavam lotados, na melhor das hipóteses.

Muitas vezes, eles foram palco de alguns dos crimes sexuais mais horríveis, mesmo em plena luz do dia.

O táxi a deixou em frente à entrada principal da assessoria de imprensa localizada em um dos trinta edifícios da Main Street.

Odiava subir de elevador até o décimo quinto andar, embora os trabalhadores e visitantes do prédio parecessem inofensivos, sempre havia a possibilidade de ser estuprado nele, o crime mais recente e agora o mais elegante da cidade.

"Quer saber. Eu culpo os japoneses." Bob Andrews comentou, jogando a edição matinal sobre a mesa para Julieta. "Sua obsessão por colegiais e abusar delas no transporte público em Tóquio. E, para piorar, eles gravam tudo."

"Bob, acho que está tudo certo." Ela respondeu, folheando as páginas para encontrar o artigo ao qual sua conversa estava se referindo.

"Olha ... acho que não. Você já viu um daqueles vídeos? A expressão de puro terror no rosto daquelas garotas. Acho que é bastante real."

"De acordo com o que você diz, isso está acontecendo aqui?"

"Eu assisti a vídeos na internet. Isso está ficando cada vez maior. Como filmes de rapé e gonzo. Situações da vida real."

"Então você acha que as vítimas sabem quem são essas pessoas?"

"Bem, parece que não. Totalmente estranho. Eu até tive que colocar Billy Gaylor em nossa mira."

"Gaylor? Ele ainda está ativo?" Julieta perguntou com um sorriso no rosto. "Eu costumava assistir o programa dela no café da manhã, no canal adulto, antes de ir para o colégio todas as manhãs."

"Você já o conheceu?"

"Não. Mas não é que eu quisesse."

"Então agora é sua chance. Eu quero que você cubra uma história envolvendo o bom e velho Billy."

Julieta de repente percebeu que estava sendo designada para uma tarefa que não iria agradá-la.

Ela dobrou cuidadosamente o jornal, colocou-o sobre a mesa e então se inclinou para frente, permitindo que ela mostrasse metade de seu decote através do topo que estava aberto por alguns botões na blusa que ela estava usando.

Bob gostou da vista.

Apesar de sua postura moral bem definida sobre sexo e ser pai de três filhas adolescentes, a visão de um par de seios bem tratados mais uma vez chamou sua atenção, especialmente da ainda jovem Julieta.

"Você quer dizer que me mandaria para uma entrevista com Billy Gaylor? Bob, não posso acreditar em você."

"Olha Julieta, você é a única em quem posso confiar esta história. Estou disposto a expor esses pervertidos de uma vez por todas. Minha filha mais nova depende de ir de ônibus para a escola todos os dias. É só uma questão de tempo antes de alguém atingindo sua rota. "

"Então, o que o faz pensar que sou um especialista nessas coisas?"

"Você é jovem e sexy o suficiente para conseguir o que eu preciso." Bob respondeu, um sorriso maligno crescendo em seus lábios. "Vamos lá. Você pode fazer isso. Troque entrevistas com estrelas de cinema chatas e atores por isso. Você disse que queria um desafio. Agora, aqui está."

Billy Gaylor começou sua carreira como personalidade da televisão há muitos anos.

Ele ficou famoso por sair às ruas da cidade armado com uma filmadora e encorajar as mulheres a se despirem para a câmera e mostrarem seus peitos e bunda.

Mas suas vítimas estavam dispostas e consentiram.

As imagens foram exibidas na televisão adulta de acesso público e se tornaram muito populares.

O crescimento da Internet significou algumas mudanças e sua popularidade começou a cair.

Agora ele lidera a luta moral contra aqueles que cometem violações no transporte público e mostra seus esforços em sites não regulamentados.

Muitas pessoas como Julieta achavam que era uma nova abordagem na indústria pornográfica.

Billy Gaylor fizera algo diferente.

CAPÍTULO 2

Julieta foi conduzida com luxo para onde Billy morava nas áreas externas da cidade.

O jornal cuidou bem de seus jornalistas, especialmente se eles estivessem em uma missão importante.

A limusine parou em frente à casa do milionário e a deixou lá.

"Basta nos ligar quando quiser ser buscado." O motorista disse a ele.

Ele observou o carro recuar na estrada e através dos portões de segurança operados eletronicamente e se perguntou o que o esperava.

Um homem como Billy, que mudou seu moral da noite para o dia, apenas significava que poderia estar perdendo financeiramente.

Ele se considerava um artista por direito próprio, mas alguém que acreditava no lucro.

A casa era extensa, projetada em uma villa espanhola, só que maior.

Julieta decidiu entrar pela porta dos fundos e encontrou uma porta que levava à sala dos fundos e ao jardim.

Suas explorações pararam quando ele se viu observando dois dobermans correndo em direção à porta.

Ele amava cães, mas não aqueles treinados como guardiões viscosos.

Ele fechou a porta rapidamente e esperou, ouvindo as mandíbulas inevitavelmente latindo e rosnando da segurança do outro lado.

"Bons cachorros. Desculpe desapontá-los, mas não estou com vontade de almoçar comigo hoje."

O tratador, um homem alto e atarracado, aproximou-se para segurar os cães na guia.

"Você deveria ser a convidada? Senhorita ... Lopez?"

"Sim. De notícias locais."

Ela mostrou sua etiqueta de identidade presa em sua jaqueta.

"Vejo que os guardas aqui são fofos, zangados e muito entusiasmados."

"Eles fazem seu trabalho, senhorita. Há muitos intrusos aqui."

"Bem, estou muito feliz em ser um convidado."

Billy estava ocupado em seu telefone à beira da piscina.

Havia um lado desafiador e assertivo em sua natureza.

Ele possuía ações no canal de televisão de acesso público que ajudava a administrar e, com as tendências recentes se afastando de seu produto, o negócio estava ficando mais difícil.

Ele também foi ousado e embora sua vida tenha melhorado após a faculdade no ramo de mídia, ainda havia traços dele desde sua infância nas ruas com projetos nas áreas mais pobres da cidade.

Ele desligou o celular, desligando na cara de alguém com quem não se sentia obrigado a continuar a conversa.

"Seus idiotas de merda! Estou cercado por eles!"

Ele olhou para Julieta, como se ela fosse uma mulher atraente, e a examinou da cabeça aos pés.

Para ele, ela era primeiro sexo nas pernas e depois uma jornalista se ele olhasse para o rosto dela.

Julieta sorriu e estendeu a mão para cumprimentá-lo.

No entanto, Billy não acreditava em se relacionar tão intimamente com uma mulher, a menos que fosse para satisfazer suas necessidades naturais básicas.

O feitiço que ele usava para fazer o que fazia foi treinado e praticado com o máximo de vantagem.

"Então Bob mandou você? Eu estava esperando um menino. Você é bom no seu trabalho?"

"Eu faço bem. Por que você pergunta isso?" Julieta perguntou "É porque você não acha que as mulheres deveriam fazer as coisas que eu faço?"

"Ok, deixe-me colocar desta forma ... se eu lhe dissesse para se despir aqui e agora, você faria?"

"Certamente não." Ele ficou parado em defesa. "Porque eu deveria?"

"Porque é nisso que acho você boa, linda mexicana."

"Típico. Eu deveria ter esperado isso de você. Na verdade, eu esperava isso de você, o que você acha?"

Billy riu às custas dele.

Quando ele não era charmoso, ele era muito ofensivo, mesmo que fosse de brincadeira.

"Olha, pegue uma cadeira e sente-se. Eu só estava brincando com você. É assim que eu sou."

Pediu limonada gelada que Julieta considerou bem-vinda.

Estava quente devido ao sol do meio-dia e ela estava um pouco mais vestida do que o necessário, pensando que estaria dentro de casa com ar condicionado.

A piscina foi se tornando atraente com o passar do tempo.

Billy explicou seu ponto de vista sobre o assunto de estupro no transporte público e, sem surpresa, parecia estar enfrentando uma objeção moral.

"Então, como você acha que o problema deve ser interrompido?" Ela perguntou. "Mais polícia, melhor transporte público, sites regulamentados? Como?"

"Todas essas coisas, é claro. Eles estão bem."

"Mas você não acha que está tudo organizado? Quer dizer, as vítimas reclamam, mas não apontam ninguém. Pessoalmente, acho que eles recebem adiantado e concordam em fazê-lo."

"Então você acha que tudo está organizado?" Billy respondeu.

"Sim, eu quero. Eles reclamam porque é publicidade. Vemos a vítima no noticiário e na noite seguinte todos podem pagar para ver tudo visto nos sites."

"Sim, tudo bem, entendi. Mas essas pessoas não são pagas, acredite em mim. Elas são estupradas praticamente em público com muitas testemunhas às vezes. Então, elas têm que passar pela humilhação de tudo isso em horas repetidas. . Então."

"Mas isso é ... um monte de testemunhas. Como se as pessoas fossem convidadas para fazer parte disso."

"Você já ouviu as palavras medo e intimidação?"

"Não é possível." Julieta riu da ideia.

"Tudo bem, tudo bem ... Vou colocar minha própria segurança pessoal em risco. Eu sei quem está por trás disso. Eu sei como eles operam tudo isso."

"Você está sugerindo círculos de crime organizado, Billy?"

"Sim, exatamente. Mas acho que você precisa ser uma vítima para entender isso."

"Então, como posso me tornar uma vítima?" Julieta perguntou "Não uso ônibus nem trem."

"Então use-os e torne-se uma possível vítima. Anime-se. Olha, farei um acordo com você e a polícia. Faça isso e direi tudo o que sei."

Julieta achou a sugestão uma loucura.

Mas então ele pensou que tinha suas vantagens.

Ela poderia estar lá quando isso acontecesse, é claro.

Era perigoso, mas ajudaria a acabar com isso de uma forma ou de outra.

Afinal, lembre-se da história de como uma equipe inteira fazendo um snuff movie foi descoberta por um jornalista fazendo a mesma coisa há poucos anos em outra cidade.

O risco de perder a vida era muito menor neste caso, mas ela teria que ser estuprada no processo.

Que mulher saudável faria isso?

* * *

Naquela tarde, Julieta pensou muito a respeito.

O estupro era algo que ela temia que pudesse acontecer com ela, a menos que soubesse o que esperar, talvez.

Ela o analisou, passando cenários por sua mente.

O estupro foi um ataque surpresa em primeiro lugar.

O medo poderia ser diminuído um pouco se você estivesse esperando por ele.

Agora ele se voltou para Jimmy Clarkson e talvez sua ajuda.

CAPÍTULO 3

Com o passar dos dias, ela concordou com Bob em criar um exclusivo nas próximas semanas.

Era hora de se preparar para tudo.

Depois de reunir coragem, ela finalmente ligou para Jimmy Clarkson, de casa, uma noite.

"Olá, sou Jimmy, que é ..."

Ela confiava naquela voz e no homem a quem pertencia.

O som dele a fez morrer para estar perto dele e senti-lo ao lado dela.

Já fazia algum tempo que ela não fazia sexo e a última vez foi com ele.

"Oi, eu sou Julieta ... você se lembra de mim?"

"Eu me lembro de você? Sim, é um eufemismo, se é que já ouvi um. Claro que me lembro de você, baby, como eu poderia te esquecer. Você está sempre na minha mente, eu não posso te tirar disso."

Ouvi-lo dizer que a fazia se sentir bem era muito especial.

"Espero que você não esteja apenas dizendo isso", respondeu ela.

"Honestamente, eu estava esperando você me ligar. Eu preciso de você de novo. E eu sei que você precisa de mim tanto quanto eu. Então, baby ... quando nos encontraremos?"

"Bem, eu preciso de sua ajuda com algo."

"Você sabe que vou te ajudar com qualquer coisa ... apenas diga o que você precisa."

Julieta ria das coisas que lhe passavam pela cabeça.

"Eu quero que você me ajude a vir."

Ela o ouviu rir, mas não era realmente o que ela queria ouvir.

A reação dele foi natural de alguém que pensava que te amava.

Perguntar algo fora do comum era incomum.

"Querida. Eu ouvi direito?"

"Sim. Mas não importa. Esqueça o que eu disse, já que era estúpido. Eu estava sendo estúpido."

"Não. Não é estúpido. Ouça-me ...."

"Jimmy estava apenas ..."

"Eu entendo o que você está dizendo. Você se esquece do que eu faço para viver. Eu sou um psicólogo, lembre-se, e se isso for uma de suas fantasias, então talvez devêssemos descobrir isso."

"Na verdade, é mais do que uma fantasia ... Eu quero ser estuprada."

Ela agora estava se perguntando como isso deve ter soado para ela.

O que ele deve estar pensando dela?

Ele arriscou explicar os motivos que poderiam prejudicar tudo o que ela planejava, o que por si só ainda era escandaloso.

"E se eu dissesse que estaria disposto a fazer isso? Julieta, você entendeu o que acabei de lhe dizer?"

"Sim, eu fiz. Você me estupraria? Mas por quê?"

Sua mente agora estava confusa.

Sua concordância em fazer isso agora parecia ridícula para ele.

O estupro intencional de Jimmy de repente se tornou desagradável de se ver.

"Porque você me perguntou ... é algo que você quer ... certo?"

"Sim, claro, sinto muito, Jimmy. Só pensei sobre isso de outra maneira, só isso."

“A dramatização sexual é o que você está procurando?

"Não consigo explicar as razões. Só quero saber como é."

"Julieta, eu entendo."

CAPÍTULO 4

Em algum lugar do outro lado da cidade, o relógio da estação de metrô marcava 11h35.

Três pessoas desciam a escada rolante vestidas com sobretudos de couro preto em uma fila ordenada.

Eles estavam nas sombras, mas um era inconfundivelmente uma mulher de seu cabelo loiro desbotado e flamejante.

Eles ficaram na plataforma da estação vazia e esperaram.

O guincho de um trem se aproximando pode ser ouvido dentro do túnel escuro, ficando mais alto à medida que se aproximava.

Os três olharam na direção do trem quando ele entrou na estação saindo da escuridão.

Suas rodas param e as portas se abrem.

O trem estava praticamente vazio de passageiros quando os três embarcaram juntos.

As portas se fecharam e o trem começou a cambalear de volta para o túnel escuro.

O mais alto dos três olhou para o outro lado do compartimento, vendo quatro pessoas sentadas igualmente separadas.

Um bêbado adormecido em seu estupor.

Dois adolescentes, ambos homens, que se levantaram de seus assentos e caminharam até a próxima carruagem adjacente.

A última foi uma garota na casa dos vinte anos.

Cindy Parker estremeceu quando os três olharam diretamente para ela.

Ele sabia que havia algo estranho neles e talvez devesse ter seguido os dois jovens que tinham saído com pressa.

Ela tentou não perceber que os tinha visto olhando para ela.

Talvez fossem apenas três pessoas inofensivas que queriam ser notadas.

Um deles se moveu em sua direção.

Seu coração começou a disparar, seus seios arfaram com o vestido decotado que estava usando e ela agarrou o casaco.

Era a hora de ir.

Sem mais hesitações, Cindy saltou de pé e correu para o compartimento adjacente.

Tarde demais.

Foi vencido por um dos três que a agarrou pela cintura e cobriu sua boca com a outra mão livre.

Gritar era inútil.

A luva de couro preto cobria sua boca com força e seus dedos apertaram seu nariz de uma forma que controlou sua respiração.

Quanto mais ele lutava, mais ele beliscava.

"Não vamos machucar você", disse ele.

Sua voz era moderada e calma, como se tudo isso fosse rotina, até mesmo clínico.

Os outros dois se aproximaram e o segundo homem alto parou na frente dela.

Ela tentou chutá-lo, mas o aperto em suas pernas era tão forte que tudo se tornou inútil.

Era óbvio para Cindy que isso acabaria assim que começasse.

Ele foi vítima de estupro no transporte público.

O homem diante dela sorriu para ela, seu rosto não era o de alguém que poderia fazer isso, ela pensou.

Ela abriu o casaco e rasgou o vestido de cima a baixo para que se desfizesse, expondo sua calcinha.

Os olhos de Cindy olharam para o lado e ela viu a garota de pé em uma das poltronas, uma mini câmera de vídeo na mão focada no que estava acontecendo.

Foi uma coisa doentia, mas esta foi sua decisão.

Ele havia sido avisado de que isso poderia acontecer e ele ignorou.

Ela deu uma chance.

Eles a colocaram no chão do compartimento e o homem alto moveu as mãos sobre seus seios firmes antes de pegar uma faca e cortar o sutiã entre seus seios.

A renda de algodão se partiu expondo seus mamilos.

Seus mamilos não estavam esticados de excitação, mas de medo.

Ele moveu a faca até a cintura de sua meia-calça e a ergueu com o dedo sobre a pele dela enquanto cortava, cortando apenas o suficiente para quebrar o elástico e produzir um rasgo.

A garota continuou filmando.

Ele constantemente se concentrava na ação e depois no rosto de Cindy.

Mãos tocando seus mamilos e, em seguida, o tufo de pelos pubianos escuros.

"Isso mesmo, baby ... eu preciso ver muito medo nesses seus lindos olhos cinzentos." Ela pediu.

O homem que a abraçou riu e soltou seu rosto.

"Bastardos!" Cindy gritou.

Ele pegou as pernas dela pelas canelas e as ergueu em direção a ele de forma que ela estava se contorcendo, seus tornozelos flutuando sobre sua cabeça para os lados.

"Você não vai se safar!"

"Desculpe, mas acho que faremos de qualquer maneira."

O homem alto respondeu, abrindo as calças e pegando seu pau longo e duro na mão.

"Nós sabemos quem você é. Nós sabemos tudo sobre você."

"Que porra você está dizendo", respondeu Cindy. "Você não sabe de nada."

Rapidamente, a outra garota puxou uma fotografia do bolso e acenou na frente do rosto de Cindy.

O medo nela instantaneamente se intensificou quando viu a imagem do pequeno Johnny, seu sobrinho.

Ela gritou alto, quase rezando para que tudo acabasse quando seu sexo fosse penetrado pelo homem, pelo que pareceu uma eternidade.

Mas o estupro acabou em questão de minutos.

Eles agiram entre duas estações e deixaram o trem na seguinte.

Cada momento do ato foi capturado para o deleite dos voyeurs quando foi postado online mais tarde naquele dia.

CAPÍTULO 5

"Cindy, por que você não pode nos dizer algo?" Julieta perguntou se inclinando ao lado da vítima enquanto ela se sentava atordoada após horas de entrevistas com os policiais ainda usando as roupas que haviam dado a ela após o estupro na sede da polícia municipal. "Eles ameaçaram você muito mal? Cindy, você pode confiar em mim. Eu não vou dizer nada."

"Sim você irá." Cindy se virou para olhar Julieta diretamente no rosto. "Você é um repórter."

"Não. Dou minha palavra sobre isso. Eu só preciso saber para minha própria investigação. Confie em mim."

"Acho que você já fez perguntas suficientes." Um policial corpulento interveio.

Julieta sorriu e aceitou que isso era tudo que iria conseguir desta vez.

Ele agradeceu a ambos pelo tempo e abraçou Cindy antes de sair.

"Se precisar conversar, entre em contato comigo. A qualquer hora."

***

A manhã seria mais um dia super quente e úmido, pois o sol começaria a subir no céu entre os prédios mais altos.

Julieta saiu do quartel da polícia e foi para uma rua movimentada onde ficava um táxi.

Ela agora estava determinada a obter informações sobre este assunto e sua mente estava tomada.

Nada ficaria em seu caminho.

***

"Só quero ter certeza de que seremos os primeiros a resolver essa história." Bob explicou apaixonadamente. "É o que precisamos. Posso ver agora. Na primeira página ..."

"Bob, você percebe como isso é perigoso para mim?" Julieta o interrompeu.

Ela estava contra um arquivo de seu escritório, os braços cruzados e já parecendo estressada em sua expressão.

"Sim, estou decidido e sim, entregarei isto dentro do prazo que lhe disse. Mas preciso da ajuda da polícia."

"Ok, ainda estou tentando. Eles estão fazendo o melhor que podem agora. Expliquei qual é o nosso plano e sei que Billy Gaylor fez o mesmo ..."

"Mas?"

"Mas eles não acham que devemos participar. Ainda não. Além disso, você nunca me disse qual é realmente o seu plano."

"Billy conhece meu plano. Ele sugeriu quase tudo para mim." Ele encontrou uma caixa aberta de chocolates no armário e decidiu se servir de um deles. "Bob ... pensei que você estava de dieta"

Ele sorriu de volta sabendo muito bem que uma dieta é algo que só pode ser pensado, em vez de realizado.

CAPÍTULO 6

Naquela noite no apartamento de Julieta, Jimmy foi convidado mais uma vez.

Ela preparou o jantar e fez um esforço para torná-lo o mais romântico possível.

Vinho, luz de velas e música suave.

E, sem surpresa, Jimmy estava muito feliz por estar em sua companhia mais uma vez.

Eles tinham negócios pendentes para continuar e agora havia outra coisa para discutir que parecia mais importante para Julieta.

Eles se sentaram à mesa e Jimmy percebeu que ele estava brincando com a comida mais do que comia.

"Isso está incomodando você, não é? Essa coisa sua?" Eu pergunto.

Ela olhou para ele, pegou sua mão e sorriu.

"Acho que posso ver aonde você quer ir ... pelo menos acho que posso. Mais do que uma fantasia." Ela o ouviu, sabendo que não poderia dizer muito a ele. "Eu me preocupo com você."

"Eu sei que você gosta. E ..."

"Não Julieta. Eu penso muito em você. Farei o que você pedir, é claro, mas isso é mais do que apenas uma encenação, mais do que apenas diversão entre você e eu. Por que você precisa que a experiência seja tão real? Por que deveria ser como você diz que deveria ser? É como se você estivesse praticando algo ... não, não ... É como se você estivesse esperando por algo. "

"Você concordou em me ajudar, Jimmy."

Ela correu os dedos pelo rosto dele.

Era como queijo macio em suas mãos.

Não havia nada no mundo que ele não fizesse por ela.

"Ok. Vou surpreendê-lo. Você espera que aconteça, mas quando e onde não saberá. Farei exatamente o que você me pediu para fazer. Mas agora preciso de você de uma maneira diferente."

Seus lábios se encontraram em um beijo apaixonado.

Ela trouxe Jimmy para seu quarto e eles sentaram se abraçando por um doce momento juntos.

Aquele momento logo se tornou mais e mais excitável, enquanto eles sentiam suas emoções correndo soltas por suas sensações.

Ele quase podia prová-la novamente.

Ela podia senti-lo dentro dela, dando-lhe prazer.

Sem dizer uma palavra um ao outro, eles começaram a tirar as roupas.

Tirando a roupa na frente de si, curtindo um ao outro enquanto faziam isso.

Julieta deitou-se na cama enquanto Jimmy se movia sobre ela, segurando-a enquanto eles se olhavam nos olhos.

Eles lambem suavemente os lábios e a boca, transformando-se em beijos apaixonados mais uma vez.

Profundo e significativo.

Ele já estava duro e ela molhada, o desejo um pelo outro parecia ser a única coisa que importava agora.

Negócios inacabados podem continuar da última vez.

Havia tanto que ele queria mostrar a ela e tanto que ela estava disposta a aprender com ele.

Jimmy segurou sua masculinidade entre dois dedos, permitindo que Julieta beijasse levemente a ponta, então o beijou após beijo enquanto ele acariciava seus cabelos.

Ela pegou suas bolas com uma mão, amassando-as sensivelmente fazendo seu membro subir mais alto, então ele removeu suas mãos para que ela pudesse assumir o controle.

Assim que conseguiu, ela começou a chupar lentamente, ouvindo seus gemidos enquanto continuava a chupar.

"Sim ... eu quero que você não pare até que me faça gozar em sua boca, Julieta. Como da última vez maravilhoso."

E disso ele ainda se lembrava, e desta vez saberia esperar um pouco mais para aproveitar mais o tempo de sua língua e lábios em seu membro grosso e duro.

Mais rápido e profundo agora, acomodando seu comprimento e circunferência, ela o bombeava incessantemente, fazendo-o sentir como se seu orgasmo estivesse chegando ao clímax.

O estremecimento de cada músculo de seu corpo disse a ela o que estava para acontecer.

E como um vulcão em erupção, ele começou a expelir seu leite quente garganta abaixo, descarregando dose após dose de seu esperma quente e cremoso.

Ela já sabia que seu sabor era doce e salgado ao mesmo tempo.

No início, ela achou um pouco desagradável, mas se acostumou depois de engolir várias vezes.

Ela devorou cada gota que jogou na garganta e lambeu o que restava em seus lábios sem deixar uma gota, mas deixando um pouco em sua língua.

Ela olhou para ele e deixou sua língua encontrar a dele para que eles pudessem trocar os restos de leite entre eles.

Ele frequentemente gostava de saborear a si mesmo enquanto fazia amor e compartilhava beijos com sabor de esperma com ela enquanto seus dedos puxavam seu mamilo, atormentando-a, deixando-a ainda mais úmida do que já estava.

Agora que ela estava completamente molhada, Jimmy a acomodou na cama e abriu suas coxas, mas em uma posição confortável.

Os lábios de sua vagina brilharam com umidade quando ele os espalhou com os dedos.

O cheiro dela encheu suas narinas mais doce do que ele imaginava.

Lentamente, ele lambeu os lábios externos dela, ouvindo seu suspiro e gemido, e então um por um ele sugou seus lábios internos em sua boca, saboreando-os.

Para Jimmy, Julieta era a mais doce que ele já provara.

Ele parecia ser um conhecedor de muitas mulheres em sua vida, e agora ele havia encontrado uma pela qual estava começando a se apaixonar.

Aqueles suaves lábios rosados dela eram exclusivos dele, nem muito grandes, nem muito pequenos.

Ele pensou consigo mesmo sobre a quase perfeição na natureza de sua flor feminina.

Seus dedos separaram seus lábios enquanto ele corria sua língua sobre sua vagina, ampla e convidativa e então ao redor de seu clitóris encapuzado, brincando com ela até que ela gritasse por mais e mais.

Ele deslizou um dedo e depois outro dentro dela, gentilmente empurrando seu ponto mais sensível até que ela se entregou a ele com um pequeno jato de leite quente e claro.

Julieta queria que o relacionamento desse certo.

Agora ela sabia que Jimmy era o homem certo para ela.

Ele era gentil e gentil, bonito e muito inteligente.

Juntos, eles fizeram a sinfonia correta.

Mas ela estava preocupada com ele e com o acordo que haviam feito.

***

Ela tomou um gole de sua xícara de café da manhã muito depois que ele saiu pela manhã.

Julieta teria o dia todo para si e faria o que quisesse.

Nem se importava que ele pudesse estar esperando por ela em algum lugar, rondando e esperando para pular.

Jimmy era ágil e poderia fazer o que quisesse, uma vez que se decidisse.

***

Ele, do alto onde ficava o bloco de apartamentos, olhou a paisagem urbana e o rio que dividia a metrópole em duas.

De braços cruzados em um tempero de meditação profunda, ela de repente percebeu uma coisa: Julieta queria se expor a estupradores de pessoas em transporte público, tinha que ser isso.

E esse pensamento o deixou zangado com a ideia de que seu trabalho o permitia fazer isso e colocar sua vida em tal perigo.

Decidiu-se.

Ele ia entrar enquanto ela tomava banho, para cumprir o acordo que haviam feito.

Não pude mais esperar.

Jimmy desceu correndo as escadas para seu apartamento.

Uma vez lá, ele parou em frente à porta e esperou um pouco, recuperando o fôlego antes de tocar a campainha repetidamente.

***

Julieta estava parada na frente dele em sua camisola

"Jimmy? O que há de errado com você?"

Ele olhou para ela sem dizer nada.

Seus olhos parecem penetrar diretamente nela como os de um homem selvagem.

Mas então ele percebeu o que estava fazendo e imediatamente viu o lado engraçado disso.

"Jimmy, é muito cedo." ela riu. "E você deve invadir ... se é assim que você planejou."

A mente de Jimmy estava selvagem.

Por que não fazer agora?

Olhe para ela, ele pensou.

Ela não estava aceitando isso.

As vítimas aceitam facilmente?

Não.

Mas ele não estava lá agora para executar seu plano, ele estava lá para confrontá-la sobre por que ela queria que ele o fizesse.

E para que.

Sua mente estava confusa e cheia de dúvidas.

Deus, ela estava tão bonita.

Por que não estuprá-la?

Tome-a à força enquanto ela estava vulnerável.

De repente, ele a empurrou para dentro e fechou a porta atrás deles.

"Jimmy! Não, espere um minuto."

Não havia mais espera ou conversa sobre isso.

Era isso que ela pedia e por que ele não podia mais tomar essas liberdades?

Sua mente foi inundada com perguntas que ele não conseguia responder sozinho.

Ele a empurrou novamente, desta vez com mais força até que ela caiu de costas no sofá.

Com um puxão, ele rasgou sua camisola completamente.

"Jimmy, por favor ... espere. Eu não acho isso ..."

Julieta estava nua e abrindo os braços em defesa.

Ela implorou que ele parasse, mas Jimmy a agarrou e a virou para que ele tivesse seu cabelo enrolado em sua mão.

Cada vez que ela lutava para se libertar, ele apertava com mais força.

"É isso que você queria? É? É?"

Ele gritou, jogando a cabeça para trás.

"Não, espere ... por favor Jimmy."

As lágrimas começaram a fluir em seus olhos com a tortura que ele estava lhe dando.

Jimmy passou a mão por suas nádegas, deslizando o dedo em seu sexo e sentindo a umidade em sua abertura.

Ele se decidiu e deslizou seu pau duro dentro dela.

Ela nunca havia se sentido assim antes, nem podia imaginar que pudesse ser tão rude.

"Pega, vadia!"

Cada estocada foi entregue com uma violação, enquanto ele repetia suas palavras continuamente.

Julieta começou a desistir de resistir depois de um tempo.

Ela pediu que isso acontecesse e de alguma forma era o que ele estava fazendo.

Ela queria sentir o que era ser estuprada da forma mais brutal possível e agora ela sabia.

Depois que ela o sentiu gozar dentro dela, Jimmy percebeu o que ele tinha feito.

Uma onda de arrependimento tomou conta dele quando ele deu um passo para trás e caiu de joelhos chorando.

E para Julieta ainda estava acabado e ela também chorou de alívio e culpa.

Depois de um tempo, ela se sentou e o tomou nos braços para confortá-lo.

"Ok ... eu entendo ... não se sinta mal ... não se sinta mal ..."

CAPITULO 7

Jimmy se sentou e tomou um gole de sua taça de conhaque, ainda se sentindo muito mal por dentro.

Julieta estava agachada na cadeira revivendo os sentimentos daquela manhã.

"Achei que seria divertido." ele disse. "Eu estava errado."

"Não há graça nesse tipo de coisa. Você fez o que eu queria", disse ela.

"Como você pode se permitir fazer isso?"

"É algo que tenho que fazer. É o tipo de pessoa que sou. É como vingança por todas as mulheres que foram estupradas nesta cidade."

Ele explicou todas as emoções que o atingiram na cabeça naquela manhã.

Como ele enlouqueceu de raiva tão furioso e confuso que tornou possível tudo o que ele tinha feito.

"Se alguém ia ter você assim, tinha que ser eu."

Julieta olhou para ele e de alguma forma decifrou o que ele havia falado e entendeu claramente.

Ele estava lutando pelo que sabia ser seu e ninguém mais tinha o direito de tê-lo.

"Jimmy .... eu te amo"

CAPÍTULO 8

Gabrielle se sentou no banquinho e repassou a fita da câmera para si mesma.

Suas pernas se espalharam quando ela se sentou, permitindo que Gary espiasse por baixo de sua saia o espetáculo sem calcinha diante dele enquanto se movia diante dela.

Ela acariciou seu cabelo loiro enquanto ria do replay da fita e então olhava para ele.

"Isso é bom pra caralho" Ela disse a ele.

"O melhor que fizemos até agora. Muito estresse emocional." Gary respondeu.

"Pena que não podemos ir mais longe. Adoraria ir para o próximo nível."

"De jeito nenhum. Esse não é o nosso jeito. Devemos respeitar a vida."

"Quem disse? Podemos fazer o que quisermos."

A figura alta de Danny entrou na sala.

Ele ouviu a conversa e decidiu entrar para agarrar Gary pelo rabo de cavalo e colocar uma faca em sua garganta.

"Vá em frente. Grave isso!"

"Não!" Gary foi imediatamente dominado pelo medo.

Gabrielle se sentou e pegou leve, sorrindo para Danny.

"Vamos! Veja se eu me importo."

"Gabrielle, droga!" Gary gritou.

Danny trouxe a lâmina ainda mais perto de sua pele, cortando-a de forma que sangrasse por um pequeno arranhão.

"Oh merda! ... não, por favor Danny ... porra, não faça isso!"

"Não se fala mais em assassinato, está claro? Ambos?" Danny cuspiu sua raiva. "Fazemos isso por dinheiro e, no seu caso, vadia ... por prazer."

***

Gabrielle era cruel consigo mesma.

Ela era muito má em seus desejos mais profundos.

Ela tinha uma beleza sinistra com a qual podia atrair homens e mulheres para suas garras, e o resultado final seria nada menos do que dor e sofrimento para suas vítimas.

Gary era um covarde.

Se as coisas esquentassem demais, ele era um covarde natural.

Sem Danny e Gabrielle, ele seria inútil para a causa em que estavam envolvidos.

Danny, entretanto, era um líder.

Ele estava motivado apenas por dinheiro, então ele faria qualquer coisa.

E ele foi fiel àqueles que o pagaram generosamente.

Ele colocou a faca de volta na bota e jogou Gary no chão.

"Lembre-se de quem dirige este negócio. Não estrague tudo."

Gabrielle encarou sua líder com seus penetrantes olhos azuis claros, um sorriso ainda nos lábios, enquanto Gary estava deitado no chão segurando sua garganta com as duas mãos para estancar o sangramento que era apenas superficial.

"Então, quando saberemos quanto vale tudo isso?" ela perguntou.

"Em breve. Eu disse a você antes sobre o acordo que temos. Você tem que confiar em mim, embora eu saiba que não."

"Está demorando muito." Ela respondeu. "Eu preciso da isca da recompensa."

"Você será recompensado com justiça, meu lindo anjo." Danny disse sorrindo.

"Estou sangrando! Vou morrer! Alguém me ajude aqui!" Gary gritou de autocomiseração.

CAPÍTULO 9

Billy Gaylor recebeu uma visita em sua casa.

O detetive James Stevens ficou ao lado dos outros dois policiais à paisana que tinham vindo para a empresa.

Stevens agora estava se tornando um convidado quase familiar com suas visitas regulares a Gaylor.

Os três estavam na piscina de Stevens perto de seu anfitrião, que estava deitado tomando banho de sol em uma espreguiçadeira.

Stevens falou com ele quase em sussurros.

"Você pretende parar com isso, não é?" te pergunto.

"Eu não sei do que diabos você está falando."

"Eu acho que sim. Eu ouvi alguns sussurros. Isso pode tornar as coisas desconfortáveis para você. Você não pode se safar com esse jogo estúpido. Você conhece a situação."

"Stevens, eu já tive o suficiente. Vocês não vão conseguir mais de mim."

Ele se sentou e quase nariz com nariz falou com Stevens.

"Depois que eu paguei cinquenta mil dólares, você prometeu que esses estupros iriam parar. Não posso mais confiar em você."

"Estamos tentando. Você sabe como é. É uma cidade movimentada. Mais cinquenta e talvez pudéssemos nos esforçar mais."

"Foda-se Stevens! Eu conheço o seu jogo."

"Você não tem provas. Como eu disse, posso virar isso contra você sempre que quiser." Stevens sorriu. "Vamos Billy, vamos encarar, você acabou."

"Merda! Eu não vou cair tão facilmente."

Os dois companheiros de Stevens ouviam apenas sussurros fracos, mas estavam profundamente envolvidos com os planos de Stevens.

Ele os chamou.

"Ok, mostre ao nosso amigo Sr. Gaylor o que podemos fazer."

Os dois pegaram Gaylor, um em cada braço, e o levantaram da espreguiçadeira a seus pés.

Ele tentou se libertar, mas foi imediatamente jogado de cabeça na piscina.

"Você não vai se safar dessa porra!" Gaylor veio à superfície gritando com eles.

Stevens apontou uma pistola em sua mão para o guarda-costas pessoal de Gaylor, que estava correndo de casa para ajudar seu patrão, impedindo-o no caminho.

Os três riram sentindo-se claramente orgulhosos e satisfeitos com o que fizeram ao milionário por si mesmos.

"Cinquenta mil a esta hora amanhã, Billy. Não se esqueça dos nossos arranjos."

CAPÍTULO 10

Julieta procurou nos subúrbios ocidentais densamente povoados durante todo o dia até que ela encontrou quem ela estava procurando.

A casa de Cindy Parker estava no meio de um desenvolvimento degradado.

Era difícil imaginar a quantidade de pobreza que existia entre os cidadãos desempregados até que você acertou em cheio.

Veículos queimados abandonados roubados por assaltantes e ladrões de carros que viram uma oportunidade de conseguir algum dinheiro e lixo não coletado despejados em lotes vazios entre as casas pré-fabricadas.

A prostituição era um meio de existência para algumas das jovens e não era controlada pelas autoridades.

Ele ficou surpreso ao saber do grande número de adolescentes em idade escolar que esperam colocar um negócio nas ruas.

Cindy, entretanto, não era esse tipo de garota.

Ele morava com sua mãe e durante o dia estudou em uma faculdade comunitária para continuar seus estudos.

***

Quando Julieta a alcançou na avenida, Cindy fez o possível para evitá-la, mas Julieta foi convincente.

"Cindy, preciso falar com você."

"Olha, estou muito ocupado para isso. Está tudo acabado agora."

Cindy tentou fugir dela, correndo em direção a sua casa.

Julieta a seguiu até a varanda da frente e, agindo com respeito, Cindy não poderia mandá-la embora.

"Ok, é melhor você entrar."

Uma vez lá dentro, Julieta percebeu como algumas dessas pessoas lutavam para construir um refúgio de conforto com o que estava acontecendo ao seu redor.

Julieta conhecia o estilo das casas, tendo sido criada em criança numa zona semelhante da cidade, mas não tão pobre como a onde vivia.

Era difícil esperar que Cindy revelasse por que não queria identificar seus estupradores.

Julieta então explicou seu plano de capturá-los sozinha.

"Você está louca?" Cindy perguntou.

"Talvez eu esteja. Mas temos que impedi-los."

Cindy tirou uma foto de seu sobrinho brincando na rua.

A mesma fotografia que os estupradores lhe deram na noite em que foi vítima.

"Eles vão te machucar se eu disser algo."

Ele continuou a contemplar a fotografia e se lembrou de tudo o que havia acontecido.

"Você quer dizer que eles sabiam quem você era?"

"Eles devem ter sabido."

Nesse momento, Julieta descobriu que os estupros no transporte público não eram aleatórios, mas planejados.

Afinal, Billy Gaylor estava certo, esses crimes sexuais continuavam acontecendo porque havia elementos de medo envolvidos neles.

"Então, a menos que eles escolham você, você não será uma vítima?"

Isso agora tornaria impossível para eles escolherem a si mesma.

Mas Gaylor disse que queria que ela fizesse dessa forma.

Gaylor deve ter planejado algo envolvendo ela para se tornar uma vítima.

Ela agradeceu a Cindy por sua ajuda e rapidamente chamou um táxi para levá-la para fazer uma visita a Billy Gaylor imediatamente.

***

"Eu sei que você me colocou no centro das atenções dos estupradores." Julieta retrucou.

Gaylor acendeu seu charuto cubano e removeu o fósforo jogando-o no cinzeiro com habilidade de especialista.

"E imagino que alguém esteja me observando agora, dia e noite."

"E que?"

"Pelo que eu percebi, você poderia parar com isso sem que eu me envolvesse. Por que você não faz isso?"

"Pega leve. É complicado." Gaylor respondeu.

"Eu quero uma explicação Billy"

"De alguma forma, você merece. Desde o começo eu disse a Bob que era uma ideia maluca."

"Prumo?"

"Você é muito inteligente, Julieta. Ele deve pensar que você é algum tipo de jornalista loira boba. Claro, ele sabia que havia uma possibilidade de você descobrir certas coisas. Acho que Bob estava muito desesperado no momento em que ele pensou sobre isso. Ele estava tentando. qualquer coisa para salvar seu precioso jornal. Uma história como essa pode ser exatamente o que você precisa para ganhar a confiança de seus patrocinadores e acionistas. "

Julieta não conseguia acreditar no que ele havia dito a ela.

Ele caiu em uma cadeira e repetiu as palavras em sua mente.

Bob havia planejado tudo, mas quão envolvido ele estava com a coisa toda?

"Isso tudo é um RPG para salvar um jornal?" ela perguntou.

"Nem tudo. Como eu disse, é complicado. Agora, pelo menos essa parte não vai continuar. Não acho que alguém tão inteligente quanto você vai continuar falando sobre isso."

"Que queres dizer?"

"Você poderia arruinar tudo para mim e para Bob. Então, acho que é hora do meu plano de contingência. Desculpe Julieta."

Rapidamente, uma mão saiu de trás da cadeira e fechou sua boca.

Um forte aroma de éter encheu seu sistema respiratório.

Ele começou a lutar, observando o sorriso triste de Billy Gaylor antes que sua visão turvasse cada vez mais à medida que o éter fazia efeito e ficava cada vez mais fraco.

Um sono profundo logo tomou conta de seu corpo e mente.

CAPÍTULO 11

Ela abriu os olhos e viu rachaduras no teto diretamente acima dela.

Ela sentia dores nos pulsos e tornozelos e percebeu que estava deitada de costas, amarrada pelos membros a um colchão macio embaixo dela.

Sua visão clareou e ele percebeu que ainda havia um fedor de éter em torno de seu nariz e lábios.

Sua língua estava seca e inchada.

Ele olhou ao redor onde estava.

Uma sala vazia sem janelas com uma única lâmpada em uma lâmpada de latão no canto perto da porta fechada.

Julieta tentou falar, mas sua garganta também estava seca.

Ela puxou os laços de algodão macio em torno de seus pulsos, mas eles estavam apertados e não permitiam nenhum movimento.

Ela olhou para si mesma e percebeu que estava nua, pelo menos sem camisa, enquanto ele sentia a presença de sua calcinha em volta da cintura e virilha.

O medo dominou sua curiosidade instantaneamente.

Ele queria gritar e gritar, mas estava ciente de sua situação perigosa.

As coisas só poderiam piorar para ela se ele o fizesse.

Disse a si mesma para manter a calma e percebeu que precisava beber alguma coisa e, o pior de tudo, precisava urinar.

A porta se abriu e uma garota desconhecida entrou na sala.

Gabrielle era desconhecida para Julieta, pelo menos, como nunca se conheceram antes em suas vidas.

"Onde estou?"

Gabrielle se apoiou na beira da cama de latão e sorriu para seu convidado cativo.

"Em boa companhia, linda mexicana. Nem sei o seu nome, mas me dizem que você é importante. Tenho que cuidar de você."

"Ok, nesse caso você pode me desamarrar?" Julieta perguntou

"Não. Se eu fizesse isso, você poderia escapar."

"Então, posso pelo menos beber um pouco de água?"

Gabrielle se moveu para o lado de sua prisioneira e acariciou seus cabelos com uma mão esguia com unhas compridas pintadas de prata.

Julieta percebeu que Gabrielle estava estranhamente vestida.

Ela usava um vestido de couro preto apertado que segurava seus seios, seu cabelo loiro ondulando e caindo em cascata sobre os ombros, e ela estava maquiada com sombra prata e batom.

A maneira como Gabrielle tocou seu cabelo e passou um dedo suave pelo rosto tinha um toque de afeto cruel.

Ele sabia que quem quer que fosse essa garota, não seria fácil lidar com ela.

"Água? Eu não tenho água. O que vamos fazer?"

"Eu preciso de algo para beber, certamente você pode entender isso." Julieta confessou. "Você pode pegar algo para eu beber?"

Havia uma nota de afirmação em sua voz.

Gabrielle olhou ao redor da sala e então olhou para Julieta.

"Deixe-me pensar um pouco sobre isso ..."

"O que há para pensar? Eu preciso beber."

Agora ela também percebeu que Gabrielle era burra ou estava atuando.

Parecia mais atuação do que qualquer outra coisa, já que ela estava obviamente decidida a ser totalmente cruel.

"Você vai me fazer esperar então?"

"Sim."

"Você sabe por que estou aqui?"

"Sim. Você tem sido muito travesso e tem que ser punido."

"Quem te disse isso? Qual é o seu nome?"

Gabrielle tocou lentamente o mamilo de Julieta e o observou reagir.

Ela sorriu aquele sorriso perverso que ela usava, correndo sua unha afiada ao redor do halo timidamente.

"Oh, olhe. Estou deixando você com tesão?"

"De maneira nenhuma." Julieta respondeu.

Foi o medo que produziu a reação, e não o envolvimento erótico.

"Podemos conversar sobre minha sede? E você ainda não me disse seu nome."

"Você faz a barba ou apara? Deixe-me dar uma olhada."

Gabrielle passou o dedo pelo umbigo de Julieta.

Ela engoliu em seco, sua garganta coçou com a secura deixada pelo éter, e então ela sentiu Gabrielle puxar sua calcinha para baixo.

"Oh sim, isso é bom. Eu vejo você aparar sua boceta. Tão limpo e arrumado."

"Faço o melhor que posso."

Julieta sentiu uma picada entre os lábios vaginais externos quando Gabrielle a empurrou com força.

"Isso dói."

"Oh, desculpe. Eu estava checando para ver se você estava molhado."

"E se for assim?"

"Hmmm ... talvez possamos jogar."

"Talvez pudéssemos. Mas primeiro eu preciso daquela bebida."

Gabrielle pensou, correndo as costas dos dedos lentamente pelo umbigo de Julieta mais uma vez.

Então ele parou e correu para a porta, deixando Julieta sozinha no quarto.

Ela deu um suspiro de alívio naquele momento, esperando que uma bebida estivesse a caminho muito em breve.

Mas ele não fez nada para aliviar o aperto na bexiga que estava ficando cada vez mais dolorido.

CAPÍTULO 12

Gaylor saiu da limusine em um chão cheio de lixo e se dirigiu para o carro estacionado em frente.

Ele colocou a pasta no capô e esperou, olhando para Stevens pelo para-brisa.

"Você vai sair e pegar esse dinheiro ou o quê?"

Stevens, após alguns segundos de pausa, saiu do carro e Gaylor virou a pasta para ele sem tocá-la.

"O que há de errado? Você não quer? Ou talvez você pense que estou traindo isso? Olhe ao seu redor!"

"Eu não confio e nunca irei confiar em você, Billy."

"Você quer contar?"

"Não."

"Eu pensei que você disse que não confia em mim, seu idiota!"

Stevens agarrou a pasta e jogou-a no carro à sua frente.

"Você quebrou as regras, Billy. Você não deveria ter contatado Danny."

"Bem, vamos apenas dizer que ele tinha um negócio extra para colocar em seu joguinho." Gaylor respondeu sorrindo. "E este negócio é melhor do que o seu negócio. E os últimos cinquenta mil dólares pagam bem."

"Não se preocupe Billy, um dia eu terei você."

Stevens ligou o motor e acelerou a ré de Gaylor, que sorriu adeus enviando gestos obscenos com os dedos.

Billy Gaylor ofereceu a Danny um negócio melhor do que o Stevens original.

E a lealdade de Danny havia mudado agora, deixando o detetive no meio de um dilema infeliz.

Mas Danny não percebeu como sua própria situação acabou.

Stevens agora tentaria encontrar uma maneira de parar os estupros e prendê-los todos sem expor seu próprio envolvimento nos eventos.

Não ia ser fácil, mas ele estava determinado a fazer isso, como qualquer um poderia dizer agora que ele poderia ser imediatamente eliminado do plano.

***

Gaylor se sentou em sua limusine e ordenou que seu motorista o levasse para casa.

Ele discou um número no celular e esperou até ser atendido.

"Oh Danny, como você está? ... você está cuidando do meu amiguinho?"

CAPÍTULO 13

Julieta observou Gabrielle afrouxar o pulso e depois permitir que ela tomasse um gole d'água do copo, sem jeito.

Gabrielle sorriu e acariciou alegremente o cabelo de Julieta, esperando que ela fizesse seus jogos em troca de favores.

Mas Julieta tinha outras idéias.

"Obrigado. Posso saber quem você é e onde estou?" Julieta perguntou olhando ao redor da sala vazia. "Você sabe que ajudaria se eu pudesse me sentar. Se você desamarrar meu outro pulso."

"Não posso fazer isso". Gabrielle respondeu.

"Porque não?"

"Você poderia escapar."

"Ok. Eu prometo que não vou, e, além disso, talvez eu pudesse lidar melhor com o que você tem em mente."

Isso deixou Gabrielle excitada e Julieta percebeu que ela não era a pessoa mais inteligente do mundo quando se tratava de intelecto.

"Você promete?" Gabrielle perguntou.

Julieta respondeu com um sorriso e um aceno de cabeça.

"Você realmente quer jogar?"

Gabrielle estendeu a mão e começou a desamarrar o outro pulso, levantando a perna do chão ao fazê-lo, tornando acessível a adaga em suas botas de cano alto.

Julieta rapidamente a alcançou com a mão livre, jogando o copo d'água em seu rosto para tirá-la da pista.

Com as duas mãos livres, ela agarrou o cabelo de Gabrielle com força e segurou a adaga em seu rosto.

"Nem pense em se mudar, vadia!"

Gabrielle fez o que ela disse.

Ela nem tinha imaginado que Julieta poderia fazer tal movimento com ela.

"Eu quero que você faça tudo que eu mandar ..."

Naquele momento, Julieta ordenou que ele estendesse a mão e lentamente desamarrasse seus tornozelos, um de cada vez, enquanto ela segurava o cabelo com força, puxando de vez em quando para mostrar quem estava no comando.

Julieta se ajoelhou e puxou Gabrielle em sua direção, agora segurando a adaga em sua garganta e puxando seu cabelo.

"Ok, agora vamos sair desta sala. Quem está do outro lado daquela porta?"

"Gary está na porta ao lado."

"Alguem mais?"

"Não, só eu e Gary."

E, naquele momento, a porta se abriu.

Danny estava parado na moldura apontando uma arma para as duas mulheres.

"Vadia mexicana, larga a adaga ... AGORA!"

Julieta ficou surpresa, não só pela batida repentina da porta se abrindo, mas também por ver uma arma apontada para ela.

Sua bexiga foi liberada naquele momento, incapaz de agüentar muito mais tempo.

CAPÍTULO 14

Jimmy tentou incessantemente ligar para Julieta em seu telefone.

O número de contato que eu tinha estava indisponível ou sem resposta.

Já era tarde e a hora que combinaram de se encontrar já havia passado.

Ele começou a se preocupar.

Ele deu ré com o carro para fora do caminho do teatro e acelerou pela rua principal, abrindo caminho pelo resto do tráfego noturno, prestes a causar várias colisões enquanto dirigia.

Ele invadiu o escritório de Bob Andrews.

Bob estava trabalhando até tarde para conseguir um número com uma ótima capa.

"Que diabos! ... quem diabos é você? Quem o deixou entrar?"

Jimmy se encostou na mesa e, quase pegando Bob com sua saliva, cuspiu suas palavras:

"Julieta! Onde ela está?"

"Como diabos eu deveria saber, eu não sou seu guardião." Bob respondeu.

"Você atribuiu essa tarefa a ela. Então, onde ela está?"

"Diga-me quem você é primeiro e posso considerar falar com você."

Jimmy se acomodou e se sentou nervosamente com a cabeça entre as mãos.

"Sinto muito. Eu me importo com ela. Ela está desaparecida."

"Provavelmente trabalhando em um lugar tranquilo e isolado. Ela faz isso às vezes."

"Não." Jimmy respondeu. "Não, acho que ela tem um problema."

"Eu não me preocuparia. Julieta vai aparecer quando ela estiver pronta. Então, quem diabos é você?"

Ele explicou a Bob quem ele era.

Bob não havia percebido que Julieta tinha amigos, muito menos um amante.

Ela era uma mulher muito reservada, que só conhecia pessoas a negócios.

E pelo que Gaylor disse a ela apenas uma hora atrás, Julieta teve que enfrentar uma circunstância trágica para tirá-la de seu caminho.

"Achei que você pudesse saber onde ela estava. Lamento ter incomodado você." Jimmy se levantou e foi até a porta do escritório.

"Não, espere. Sente-se." Bob perguntou.

Agora ele estava preocupado com qualquer coisa que Julieta pudesse ter dito a ele.

De repente, Jimmy era um risco para todo o plano que Gaylor traçara.

"Talvez eu possa te ajudar. Nós fazemos coisas em segredo muito às vezes para proteger coisas e pessoas. Julieta foi enviada em uma tarefa muito urgente."

"Onde?"

"Não posso dizer, mas garanto que não teve nada a ver com o que ela lhe disse."

Jimmy percebeu que Bob havia ficado muito nervoso e preocupado assim que explicou quem ele era.

"E o que você acha que ela pode ter me contado?" Eu pergunto.

"A tarefa que ela deveria estar ocupada."

"As violações no transporte público?"

"Sim, esse é o ponto."

"Sr. Andrews, você pode me dizer algo sobre essa tarefa?"

Bob começou a tremer.

"Não muito, na verdade. O que você quer saber em particular?"

"Ela estava disposta a pegar os estupradores?" Jimmy perguntou, acomodando-se em seu assento.

"Eu não posso dizer. Confidencialidade e tudo isso, você entende, certo?"

"Não, eu não entendo. Você a condicionou para fazer do jeito que ela planejou?"

"Olha, ela queria assim."

"Você não acha que foi um pouco irresponsável da sua parte?"

Jimmy sabia como pressionar as pessoas quando necessário.

E ele encontrou Bob Andrews mostrando sinais psicológicos claros de que estava escondendo algo importante.

"Sr. Andrews, não acho que ela esteja em uma missão urgente. Você sabe onde ela está, certo?"

Bob agora sabia que Jimmy era uma ameaça.

Seu plano não era tão fácil quanto parecia.

A disposição de Julieta era aparentemente fácil.

Ela era uma mulher que vivia sozinha e tinha muito pouca vida privada fora do trabalho.

Bob seria o empregador atencioso e atencioso que cuidaria das coisas.

Jimmy ficou cada vez mais furioso enquanto observava as reações ansiosas de Bob.

Jimmy se inclinou sobre a mesa rapidamente, segurando a camisa de Bob com as duas mãos.

Seu peso não era um problema para ele, então ele concentrou toda a sua energia em extrair fisicamente as informações que desejava.

A natureza mansa de Bob tornou mais fácil para Jimmy intimidá-lo.

"Onde ela está!?"

CAPÍTULO 15

Julieta sentiu a dor cortante nos braços ao ser suspensa pela corda.

Ambos os pulsos amarrados juntos sobre sua cabeça, pendurados, seus pés apenas alguns centímetros do chão abaixo dela.

Danny colocou o dedo em sua omoplata e a fez balançar, o que fez a dor aumentar ainda mais.

Gabrielle estava sentada em uma cadeira olhando do outro lado da sala sorrindo.

"Ao tentar escapar, você tornou as coisas mais difíceis para você." Danny sussurrou no ouvido de Julieta.

As lágrimas escorreram por seu rosto enquanto ela tentava lutar contra a dor e o medo dentro dela.

Ele caminhou ao redor de seu corpo nu torturado e deu um passo para trás.

"Mmmm ... que lindo corpo latino você tem. Moreno e muito sexy. E vejo que você se cuida. Eu gosto disso, certo, Gabrielle?"

"Sim." Gabrielle deu um passo à frente e ficou ao lado de seu líder. "Ela é muito sexy."

"Acho que nosso amigo aqui deveria ser modelo, não jornalista."

"Eu acho que você está certo." Gabrielle respondeu.

"Agora ela está percebendo que teve a infeliz disposição de ser abençoada com uma inteligência que alterou o curso de sua vida. Inteligência em uma mulher pode ser uma deficiência. Ela a coloca em todos os tipos de problemas."

"Oh ... eu também tenho inteligência." Gabrielle estalou.

Ele olhou para ela e riu.

"Sim, você precisa. Mas muito pouco."

"Você tem que me libertar." Julieta implorou, sua voz fraca de dor.

"O que foi isso?"

Danny se inclinou mais perto, as mãos vagando sobre a pele encharcada de suor de seus seios.

"Você disse algo?"

Seus olhos estavam parcialmente fechados, mas ela olhou diretamente em seu rosto antes de cuspir nele.

Danny enxugou o nariz onde a saliva o atingiu.

"Isso não foi muito bom, Julieta. Como eu disse a você, você só vai piorar as coisas para si mesma."

Gabrielle flexionou o chicote que segurava na mão.

"Deixe-me puni-la."

Danny agarrou rapidamente o chicote e o ergueu.

"Não! Coloque-a no chão"

CAPÍTULO 16

O segurança saltou sobre Jimmy por trás e o jogou no chão do escritório, arrastando Bob com ele.

Jimmy foi ultrapassado pelo guarda corpulento e imobilizado com as duas mãos atrás das costas.

As algemas se encaixaram.

Bob se levantou e recostou-se na cadeira enquanto o guarda se sentava sobre Jimmy, ainda chutando e lutando para se libertar.

"Ok chefe, a polícia está a caminho." O guarda relatou. "Quem é esse cara afinal."

Bob pegou o lenço e enxugou a testa.

"Alguém que passou na verificação de segurança. Onde diabos você estava ... dormindo?"

"Não. Eu estava patrulhando."

"Então, como diabos ele entrou aqui?"

CAPÍTULO 17

Danny segurou Julieta e pendurou seu corpo torturado sobre seu ombro enquanto Gabrielle soltava seus pulsos.

Então ele a carregou para um colchão no chão, abaixando-a suavemente.

Julieta estava fraca pela dor de ficar pendurada nos braços pelo que pareceu uma eternidade, mas foram apenas algumas horas.

"Você nunca vai se safar, seja lá quem você for." ela murmurou

Danny se virou para Gabrielle e gesticulou para que ela se afastasse.

Ela devolveu uma expressão irritada e relutantemente se recostou na cadeira.

Ele parou perto de Julieta e olhou para ela.

"Você não está em uma posição muito favorável para ameaçar ninguém."

Ele se ajoelhou ao lado dela e afastou o cabelo úmido de seu rosto.

"Não gosto de ameaças".

Ela olhou para ele, ouvindo sua voz suave, mas agressiva.

"Eu não gosto de ser cuspido, chutado ou atingido. Você vê, eu gosto de estar no controle."

A mão dele moveu-se sobre os lábios e depois sobre o rosto.

"Você é tão linda, Julieta, e é uma pena que esteja na situação em que está."

Ele fez uma pausa e olhou para a luz bruxuleante que pendia do teto.

"Vou te matar." Ele se levantou e olhou para ela. "Você vê, eu sou seu inimigo."

Julieta começou a chorar e tremer.

Ela estava indefesa.

Danny puxou a arma do cós da calça e verificou.

Ele sorriu para ela e o apontou para o outro lado da sala onde Gabrielle estava sentada.

"Adeus"

O primeiro tiro explodiu no estômago de Gabrielle, fazendo-a cambalear para trás na cadeira.

O segundo atingiu-a entre os olhos, enviando um jato de miolos contra a parede.

O terceiro tiro apontou para seu coração quando seu corpo caiu no chão.

Julieta começou a gritar histericamente.

Gary correu para a sala, escancarando a porta com uma bandagem manchada de sangue em volta do pescoço.

Ela parou e viu o corpo mutilado de Gabrielle no chão e então olhou para Danny.

"Que diabos está fazendo?" Danny sorriu e disparou o quarto tiro desta vez para Gary, que o acertou com força no peito e mandou seu corpo pela porta aberta.

Ele se ajoelhou ao lado de Julieta, colocando a mão contra sua boca.

"Shhhhhh ... Não é a sua vez ainda. Eu prometo a você algo muito mais emocionante."

CAPÍTULO 18

Jimmy estava sentado em uma cela sozinho.

Ele ainda estava se acalmando de seu ataque maníaco a Bob Andrews para tentar chegar a um acordo com sua prisão.

A porta da cela se abriu e Stevens entrou.

Os dois homens se entreolharam antes que Stevens se apresentasse.

"Você não é o policial responsável por essas violações de transporte público?" Jimmy perguntou.

"Sim. Lamento que você tenha sido maltratado. Andrews provavelmente merecia uma surra."

"Eu não bati nele. Ameacei estrangulá-lo se ele não me dissesse algo que eu precisava saber."

Stevens riu e ofereceu um cigarro a Jimmy.

Este recusou.

"O que você precisa saber?"

"Não importa".

Stevens encostou-se na parede de tijolos da cela e acendeu um cigarro.

"Eu acho que importa. Tem algo a ver com uma pessoa desaparecida que ainda não foi denunciada."

"O que diabos você se importa?"

"Eu me importo muito. Sua namorada está em perigo agora, enquanto conversamos."

"Então por que você não faz alguma coisa?" Jimmy perguntou.

"Precisamos trabalhar juntos. Você e eu."

"O que você está dizendo é, você não sabe onde fica?"

"Eu sei exatamente onde ela está."

"O quê? Então faça alguma coisa!" Jimmy se levantou e olhou para Stevens. "O que diabos está acontecendo aqui?"

"Me escute..."

"Não ... Vá e faça alguma coisa agora! Você é um policial.

"Eu preciso que isso seja entre você e eu, ninguém mais." Stevens disse.

"Que queres dizer?"

"Olha, as pessoas que estão com sua namorada agora são muito loucas. Elas são capazes de assassinato a sangue frio e pelo que sabemos pode ser tarde demais. Então, temos um acordo aqui?"

Jimmy pensou sobre isso, embora ainda confuso, ele entendeu algo.

Julieta tinha que ser salva de quem ela era e de quem a mantinha cativa.

A cidade era grande e havia muitos lugares onde Julietaa poderia ser mantida em cativeiro.

Procurá-la por um homem só levaria uma eternidade se ele não topasse com ela ao acaso.

Stevens era a chave.

Ele era um policial com vingança em mente e um plano para salvar sua própria reputação, embora Julieta não significasse nada para ele, muito menos Jimmy Clarkson.

CAPÍTULO 19

O moinho abandonado à beira do rio era um de muitos.

Como centenas de edifícios em ruínas, aguardava sua demolição e seu lugar no urbanista para exercer a regeneração.

Mas, como muitos planos na cidade, ainda era um sonho e para os cidadãos era mais uma falsa promessa.

Para Danny, era seu esconderijo e refúgio das autoridades.

Um refúgio com suas muitas salas abertas e oficinas e agora seu depósito para a morte.

Para Julieta, foi seu inferno pessoal, pois Danny a levou para uma das oficinas, amordaçada e novamente amarrada por seus pulsos doloridos.

Ele puxou seu cabelo, não mais aquele brilho normalmente localizado, mas desgrenhado e emaranhado.

Ele a forçou a ficar de joelhos em outro colchão sujo sob a mira de uma arma e exigiu que ela ficasse quieta.

Seus olhos apenas falavam em silêncio, com medo e medo.

Ele se sentou ao lado dela segurando a arma contra a testa.

"Sabe, é fácil matá-lo agora. Tudo o que tenho que fazer é puxar essa alavanca e ... pow ... acabou." Ele retirou a arma e sorriu. "Você percebeu que é um dos meus cativos favoritos até agora? Linda." Seu dedo deslizou sobre seus seios jovens e pendentes, tocando de forma divertida um mamilo. "Que pena. Você tem que ser eliminado."

Ela queria falar e implorar, mas a mordaça era muito forte e tudo o que ela podia fazer era choramingar.

"Eu tive muitas mulheres, mas nenhuma tão boa quanto você." Ele tirou o cabelo do rosto. "Sim, há uma coisa que posso fazer por você. Torne seu final pacífico e indolor. Mas você deve fazer algo por mim."

Danny desamarrou a mordaça e puxou-a de entre os lábios.

"Eu farei qualquer coisa." Ela falou baixinho, olhando para ele novamente. "Você pode fazer o que quiser comigo, mas não me machuque. Me deixe ir."

Ele sorriu de volta, mas com um meio sorriso maligno, mas ela também pôde detectar um certo grau de compaixão humana.

"Eu não posso deixar você ir. Isso é o que eu faço."

"Não. Você não tem que fazer isso."

Ele passou a pistola sobre os lábios dela suavemente.

O toque do metal frio a fez estremecer.

"Você me lembra alguém. Não, você me lembra um anjo com quem eu sonhei. Foi um pesadelo. Eu ainda estava no colégio. Mas o sonho foi ruim porque você era um anjo da guarda e o demônio o destruiu."

Julieta percebeu que ele havia se referido a ela como o anjo de seu pesadelo.

Isso deu a ele algo em que trabalhar.

"Eu falhei dessa vez. Mas estou aqui de novo e desta vez vou te salvar."

Danny sorriu.

"Isso não é um pesadelo e ..." ele olhou em volta. "Onde estão os demônios?"

"Isso foi um sonho. Isso é real. Demônios são outra coisa."

"Algo mais?" O Rio. "Que são?"

Ela tinha que pensar rápido, agora que percebeu que ele tinha a capacidade de ver que ela estava tentando manipulá-lo, movendo seus pensamentos em sua direção.

"Certamente você tem inimigos lá fora"

Danny olhou para a janela e seu vidro sujo e quebrado.

Estava ficando claro e sons distantes de sirenes da polícia começaram a ser ouvidos.

"Sim, eu tenho inimigos lá fora."

"Eu posso te salvar daqueles inimigos. Ter sucesso onde eu falhei da última vez. Mas se você me eliminar, o inimigo ..."

"Cale-se!" Danny cuspiu suas palavras.

Julieta percebeu que seu estratagema não estava funcionando. Ou sim?

"Você não sabe o que é ser pobre. Deixe a polícia persegui-lo por coisas que você nunca fez. Eles costumavam me arrastar e me espancar até que eu confessasse crimes que nunca cometi." Ele se levantou e a raiva dentro dele derramou. "Eles atiraram nele a sangue frio."

"A quem?"

"Ao meu irmão!" Ele agarrou a cabeça em frustração. "Eles o mataram a sangue frio. Ele estava apenas tentando escapar dos ladrões de banco. Ele escapou e correu livre, e eles atiraram nele na rua."

Julieta começou a absorver sua dor e a entender.

Quando ela mesma estava no colégio, ela se lembrou da vez em que a polícia matou um refém.

Um acidente, eles disseram.

Danny era parente da vítima?

"Eu me lembro agora" ela sussurrou.

Danny se virou e segurou a arma na nuca.

"Eu estava lá com minha mãe esperando. Nós o vimos passar diante de nossos olhos. Vimos que Bobby estava erguendo os braços na direção deles e então ouvimos os tiros e ele caiu no chão. Minha mãe estava histérica e eu não conseguia me mover."

"Foi um acidente."

"Não. Eles não ligaram. Eles o deixaram morrer na rua. Um policial até disparou o último tiro de perto que finalmente o livrou de sua dor. Agora você vê por que eles são o inimigo."

"Mas por que você faz essas coisas?" Julieta perguntou.

Danny puxou seu cabelo, levantando sua cabeça para encará-lo.

A dor a fez gritar.

"Está errado." Ele olhou para o rosto dela e viu a tortura que estava inculcando nela. "Eu não sou seu inimigo."

"Todo mundo é meu inimigo."

"Eu sou seu anjo da guarda, lembre-se."

"Foda-se!"

Ele a soltou e se ajoelhou atrás dela, passando a arma por sua espinha.

Seus olhos captaram a forma suave de suas nádegas e o cheiro de seu corpo, sujo, mas estimulante para seus sentidos.

Ele colocou a arma ao lado dele e abriu as calças, liberando a dureza que agora tocava sua pele.

"Eu vou te foder, anjo." Ele sussurrou em voz alta.

Julieta podia senti-lo separar suas nádegas e correr os dedos sobre seu sexo.

Ela fechou os olhos em antecipação e então sentiu seu pênis deslizar entre seus lábios secos.

Ele lentamente entrou nela e então começou a bater nela com cada movimento de seus quadris.

Ela agarrou suas mãos com força e reviveu o estupro que ela e Jimmy haviam preparado.

Em sua mente, ela disse a si mesma que era Jimmy.

Não haveria um orgasmo culminante para ela, mas Danny estava rapidamente alcançando o dela, então ele gemeu e agarrou seus quadris até que ela sentiu seu fogo disparar dentro dela.

Danny desabou ao lado dela e ela abriu os olhos para olhar para ele.

"Você está orgulhoso do que fez? Isso te fez bem?" ela perguntou acaloradamente.

Ele abriu os olhos e olhou para ela.

"Isto é o que eu faço."

CAPÍTULO 20

Stevens e os dois oficiais leais que o acompanhavam abriram caminho pelo movimentado tráfego matinal em direção à antiga área do cais.

Desta vez, eles tiveram companhia, Jimmy Clarkson.

"Lembre-se, Clarkson, tudo isso é segredo. Nem uma palavra para ninguém. Está claro?" Stevens disse a ele. "Podemos fazer isso sem problemas e ninguém notará nada de anormal"

Jimmy fez uma pausa, sua mente girando.

Agora ele sabia que Stevens tinha algo a ver com tudo isso.

Mas Jimmy só estava preocupado com Julieta.

"Bem, tudo bem, mas se apresse!"

CAPÍTULO 21

Julieta deitou no colchão se recuperando de sua provação.

Desta vez, ele esperou por ela e ela já havia aprendido com a outra experiência.

Agora ela estava esperando para morrer.

Danny estava parado perto da janela, olhando para o rio e a ponte pênsil que o cruzava, conectando uma metade da cidade à outra.

Naquela manhã, os momentos solenes do dia em que seu irmão morreu foram trazidos de volta para ele.

Memórias que ficaram em sua mente por anos e que também o deixaram com um traço de arrependimento pelo que acabara de fazer.

"Quando você vai terminar isso para mim?" Julieta perguntou "Estou esperando para morrer!" ela gritou.

Ela já estava além de todo pânico e se resignou à tortura e à ameaça que a cercava.

"Você já viu a cidade pela manhã?" Eu pergunto. "O rio. A maneira como o sol nascente brilha na água? Esse brilho quente e reconfortante e o caos que o cerca?" Ele se virou para olhar seu prisioneiro. "Você é parte de tudo isso. Beleza no caos."

As portas duplas da oficina se abriram e tiros soaram, ecoando pelo teto da sala.

Danny sentiu as balas o atingirem, cortando sua carne como golpes quentes e fortes.

Julieta gritou e se enrolou no colchão.

Danny respirou fundo quando a dor começou a invadir seus sentidos e olhou para os dois homens segurando seus rifles.

Ele sorriu ao se encostar na parede, deslizando lentamente em direção ao chão.

Stevens entrou atrás dos homens e se dirigiu para ele.

"Voce me tem." Ele sussurrou olhando para a figura alta de Stevens.

Ele ergueu a arma para Stevens, que reagiu rapidamente apontando a arma.

"Não se preocupe, está vazio." A pistola caiu no chão e Stevens rapidamente a recuperou.

A revista estava vazia.

Jimmy correu e confortou Julieta.

Stevens deu um passo para trás e observou a vida de Danny se distanciar de seu corpo.

"Venha e encontre os outros!" ele ordenou a seus oficiais.

CAPÍTULO 22

Billy Gaylor estava descansando em sua piscina, relaxando em outro dia ensolarado quando seu celular tocou.

"Oi ... Bob, o que foi?"

Bob estava em pânico explicando o que acontecera na noite anterior em seu escritório.

"Olha, eu posso lidar com isso. Só pega leve, eu ligo para você, ok?"

Billy desligou o telefone e se virou para o guarda-costas ao lado dele.

"Parece que temos outro corpo para cuidar. Não será um problema, certo?"

Ele discou o número do celular de Danny e esperou que ele atendesse.

"Danny? Você está aí?"

"Adivinha quem eu sou, Billy" Stevens respondeu. - Danny não está disponível agora, infelizmente. Na verdade, acho que ele nunca mais estará. Você e eu precisamos estar falando sério.

"O que diabos você fez Stevens?"

"O que eu disse que faria. Encontre-me no lugar de costume. E vá sozinho desta vez."

CAPÍTULO 23

Jimmy acompanhou Julieta ao apartamento dela.

Eu podia ouvir o chuveiro ligado e ela chorando enquanto se lavava na suave névoa de água morna.

Ele abriu a porta do banheiro e a viu ajoelhada dentro da unidade de vidro fosco, percebendo que tudo isso tinha sido em vão e não traria a verdadeira justiça.

Os estupradores no transporte público haviam acabado.

Julieta havia alcançado metade de seus objetivos, mas os manipuladores ficariam livres.

Ele voltou para a sala e olhou para a mesa de centro e tirou três fotos de si mesmo enquanto estava nas ruas durante a semana passada.

Havia uma carta anexada a um deles que simplesmente dizia:

"Seu amante. Estas fotos são de estupradores de transporte público. Achei que você poderia fazer bom uso delas e avisá-lo se necessário."

Julieta entrou na sala envolta em seu roupão de banho.

Ela colocou os braços em volta de Jimmy por trás dele e o abraçou com força.

"Essas fotos?" Eu pergunto. "Quem os enviou para você?"

Ela olhou para eles e balançou a cabeça.

"Eu não tenho ideia. Eles bateram na minha porta outro dia. Obviamente alguém pensou em mim, que eu fazia parte da gangue."

"Um arrependido."

"Talvez quem sabe?" Ela pegou as fotos da mão dele e as jogou sobre a mesa. "Não importa agora. Os estupradores se foram."

"Não acabou. Seu chefe e os outros ainda estão livres." ele disse.

"Acho que já fizemos o suficiente. Vamos deixar por isso mesmo. Não quero mais problemas."

CAPÍTULO 24

Billy dirigiu sozinho até o terreno baldio em seu carro esporte.

Stevens e seus dois acompanhantes já esperavam há algum tempo antes que Billy parasse ao lado deles.

Billy estava louco de raiva quando saiu do carro.

"Sai daí, mostra a tua cara!" ele gritou com Stevens.

Stevens saiu e enfrentou Billy, que olhou para ele.

"Ok, estou fora. E agora?"

"Posso deixá-los na merda sempre que eu quiser. Eles deixaram tudo bagunçado."

"Não. Nós nos livramos de um problema que você ajudou a começar." Stevens respondeu. "E não há problema. O metrô e os ônibus estão seguros novamente."

"E a prostituta mexicana e seu amante?"

"O que há de errado com eles, Billy? Você e Andrews querem fazer algo a respeito? Eles querem entrar em alguma merda mais profunda? E eles não se importam com o que pretendem fazer lá fora?"

"Os corpos. E Danny e seu povo?"

"Eles desapareceram. Ninguém vai sentir falta deles, porque eles não têm ninguém que se importe." Stevens respondeu com um sorriso orgulhoso. "Então, tudo depende de você e Andrews. E você não tem nenhuma prova de que estivemos envolvidos agora que Danny está fora de cena."

"Mas a menina e o menino sabem tudo."

"Eles? Acabei de falar com eles. Ambos não têm futuro aqui. Eles sonham como todo mundo. Você poderia ajudar os dois financeiramente. Tornar seus sonhos realidade." Stevens enfiou uma folha de papel no bolso da camisa de Billy. "Chame isso de conta pelos serviços prestados. É melhor pagar integralmente se você e Andrews quiserem se manter limpos no futuro. Você e eu sabemos quanto custa o silêncio hoje em dia. Não é barato."

Stevens voltou para o carro e sorriu para Billy enquanto eles se afastavam.

Billy pegou o jornal e leu.

Uma exigência de dinheiro para o silêncio da jornalista e de seu amante, e que Stevens agora supervisionaria para que ele cumprisse.

FIM

www.ingramcontent.com/pod-product-compliance
Lightning Source LLC
LaVergne TN
LVHW041033150826
845672LV00001B/303

* 9 7 9 8 2 2 4 4 3 3 0 9 4 *